そして花子は過去になる

木爾チレン

宝島社
文庫

宝島社

そして花子は過去になる

そして花子は過去になる

[目次]

――この物語を、花子に捧ぐ

プロローグ

花子《はなこ》は引きこもり続けた部屋の窓を開けた。

いっせいに差し込んでくる光が部屋を照らす。空気中に浮遊する埃《ほこり》がラメのように輝きだす。

窓の外では、桜が舞っている。はらはらと。恋の素晴らしさを知らせる桜。一枚ずつ、地面に吸い寄せられていく。

それは数えきれないほどの生命が終わっていく様子なのに、誰もそうは思わない。誰もが、その光景にはじまりを感じている。

花子も、感じていた。

これから起こる出来事を思うと、胸が高鳴って収まらない。

朝の光のなかで、花びらは雨のように降り続けている。

その雨のなかを、花子はきっと駆けていく。

第一話　最底辺

真夜中へ溶けていく部屋のなかで、花子は息をしている。

でも本当に息をしている場所は、この掌の上にある4・7インチのディスプレイのなかだ。

この淡いピンクのスマホだけが、地球に宇宙の果ての情報を伝える探査機のように、花子に世界を齎《もたら》してくれる。

でも花子は時々、スマホばかりを見ているのが、こわくてたまらなくなる。

小さな画面に浸っていると、時間の感覚がなくなっていく。

一分が、一時間が、一日が、一カ月が、一年が、流れ星みたいに一瞬で過ぎていってしまう。

しかし、二年前から花子の時間は止まってしまっているのかもしれない。

高校の卒業式の日——それ以降、花子はずっと家に閉じこもっている。

二年間、一歩も外に出ていない。

といっても、ちゃんと毎日お風呂にも入っているし、よくドラマなどで見るおしっこをペットボトルに詰めて庭に投げ捨てるような、酷《ひど》い生活ではない。

だけど朝に起きる必要がないせいで、完全に昼夜逆転しているし、こうしてどこへも行けず、部屋に引きこもっている時点で、人間として最底辺なのは自覚していた。

けれど歩いて五分のコンビニでさえも、花子にとっては限りなく遠い。まるで北極点にさえ思える。

誰か自分を知っている人間にばったり会ってしまうかもしれないと考えるだけで、こわくて足が竦《すく》む。靴を履くこともできない。

家に引きこもるようになってからまだ日が浅かったとき、喉がかわいて、自動販売機にサイダーを買いに行こうとしたけれど、玄関に立った瞬間、気を失ってしまった。

そんなふうに、外に出ることを考えただけでも、身体が拒否反応を起こしてしまう。呪いをかけられた野獣が、お城に閉じ込められてしまったみたいに、花子は家から出られないでいる。

――すべてはこの「花子」という名前が諸悪の根源だったのかもしれない。

花子という名前は、花子の父がつけた。

しかし花子は父のことを覚えていない。顔さえ知らない。一緒に暮らしたことがないからだ。なぜかと言えば、花子の母と父は結婚していない。できなかったのだ。

ふたりは京都の今出川《いまでがわ》にある四年制の大学に通っていた。母は宮川町《みやがわちょう》にある祖母の家から大学に通っていて、父は鞍馬口《くらまぐち》の安アパートで細々と一人暮らしをしていた。

出会った当時、二十歳だったふたりには、共通点がたくさんあった。

友達作りが苦手であること。東京出身であること。そして本が好きなこと。

父は小説家を目指していて、母は四条《しじょう》の本屋でアルバイトをしていた。

同時に恋に落ちたのはきっと運命だった。交際二年目、大学四年生になると、ふたりは一緒に暮らしはじめた。安アパートで愛を育むうち、ふたりの間には子供ができた。それが花子だった。

二十一歳。まだ若かったが、母には産むという選択肢しかなかった。

妊娠六カ月目となった冬休み、ふたりは結婚の許しをもらうべく東京へ行った。

しかし父が結婚させてほしいと申し出ると、母の両親は血相を変えて猛反対した。

学生結婚の上、小説家なんていう不安定な職業では、娘と子を幸せになどできないというのが理由だった。

だがそれは表面上の理由であって、お嬢様育ちの母に不相応な父が気に入らなかったのだ。

それでも父は引き下がることなく「今すぐ働きにでます。小説を書くのはやめます。だから結婚させてください」と懇願した。けれど今度は、母がそれを拒否した。母は父の紡《つむ》ぐ物語が好きだった。だから、書き続けてほしかった。

「あなたの物語を、諦めないで」

母は言った。父はその頃、新人賞を受賞し、小説家としての一歩を踏み出したばかりだった。夢が叶《かな》った父の物語を、奪いたくなかった。

そして花子が生まれたあと、大学を卒業するとともにふたりは別れた。

母は京都に留《とど》まって、祖母の家――この家で花子を育てた。

この家はいわゆる町屋《まちや》と呼ばれる建物で古い。だが小奇麗に使われていて、夏が暑いのと、冬が寒すぎる以外に、不便さはあまりない。それに持ち家で家賃がかからないため、母子家庭ながら比較的余裕を持って生活できた。

「私も若い頃は色々あったんや」祖母は口癖のようにそう言った。

芸妓として長らくを生きてきた祖母は、自分も含め色々な人生を見てきたのだろう、母を責めることはなかった。だが花子が三歳のときに、風邪をこじらせて亡くなった。

それから花子はずっと母とふたりで暮らしている。

父がどうしているのか、花子は知らない。名前さえも。小さい頃は気になって仕方がなかったが、幼いながらに訊《き》いてはいけないことのような気がして、何も訊けないまま時間が過ぎていった。

というわけで花子は標準語の母の言葉を聞いて育ってきたため、京都弁にはならなかった。それに訛《なま》りのない母のやさしい話し方が好きだった。

二階にある八畳ほどの和室が、花子の部屋だ。

部屋には、小さな丸テーブルと、小説や漫画が千冊ほど詰め込まれた本棚、祖母から譲り受けたアンティークのクローゼット、母の趣味で取り付けられた天蓋ベッドが置かれている。

そして、このような引きこもり生活が許されているのは、母がいつもこう言ってくれているからに他ならない。

「お母さんはね、花子が外に出たいと思うまで、出なくていいと思うの。だって花子は、私が産みたくて産んだの。だから、花子が家にいたいなら、いればいいのよ。それに私、寂しがり屋だからね、花子が家にいてくれて、うれしいの」

母はいつだって優しい。だが花子は胸が痛かった。普通になれないことが、悲しかった。けれど花子にはもう、外に出る勇気などなかった。

すべては、花子が十歳のときに遡《さかのぼ》る。

「いいお洋服を着るとね、それだけで、物語の主人公になれるの」

母はそう言って、花子の誕生日になると新しい洋服を贈った。母が選んでくれる少し背伸びした上品な洋服を、花子は毎年心待ちにしていた。

そしてその年、花子は小花柄の赤いノースリーブのワンピースを母に貰った。母の言う通り、素敵な洋服に袖を通した瞬間は、物語の主人公になったように胸が躍る。花子はその日、うれしさのあまりワンピース姿のまま眠り、翌日もそのまま学校へ着て行った。

それが発端だった。

生まれもった色白の肌と、好きな恋愛漫画のヒロインに憧れて腰まで伸ばしていた黒髪、赤いノースリーブのワンピース、そして「花子」という名前が、学園の七不思議として知られていた「トイレの花子さん」の風貌に一致すると、クラスメイトが騒ぎ出した。

花子が言葉を発するだけで、悲鳴をあげるのが流行《はや》った。

花子はしばらく何が起こっているのかわからなかったが、次第に自分が幽霊になってしまったことを理解した。

クラスメイトは飽きるのもはやく、一カ月もすればその遊びは廃《すた》れた。

だが花子のなかでは終わらなかった。

再び話しかけられても、返事ができなかった。

また、悲鳴を上げられるかと思うと、こわくて声を発せなかった。

花子はもうあんな悲しい思いをしたくなかった。

そして前髪を伸ばして目を覆い、世界をシャットダウンした。

赤いワンピースは、クローゼットにしまい、二度と身に纏《まと》うことはなかった。

母は察したのだろう、花子に洋服を贈ることはなくなった。

花子は地味な色の洋服ばかりを選んで着た。影になりたかった。

そうしたら、誰に踏まれてもちっとも痛くない。


高校生になった花子はもう完全な影だった。

幽霊のような風貌のせいで、学校中で気味悪がられていた。授業中、教師でさえも花子をあてようとはしなかった。

私立高校故に、花子が不登校になり、問題になることを最もおそれていたのだろう。

教室に存在して、テストで平均点以上をとれば、何も話さなくても文句は言われなかった。

花子は安堵していた。

二度と、物語の主人公にはなりたくなかった。

それでも耳に入るすべての言葉は、自分の悪口に聞こえた。

思い過ごしであることが大半だったけれど、何も話そうとしない花子の悪口を言っているクラスメイトがいない訳ではなかった。

耳を塞ぐかわりに花子は本を読んだ。

本は花子を違う世界に連れて行ってくれた。

けれど、本が素晴らしければ素晴らしいほど、読み終わってしまったとき、いつだって心臓が止まりそうなくらい辛くなった。

十七歳にして、花子は生きているのがいやだった。

はやく寿命が尽きて、死んでしまいたい。

ずっとそう、願っていた。

でも二十一歳の花子はいま、心からそう思えないでいる。

それは——４・７インチの世界で、恋をしてしまったからだ。

埃っぽい部屋のなか、花子はレンという男の子からのメッセージが送られてくることだけを、心待ちにしている。

レンからのメッセージを受信するたび、止まっていた花子の心臓は息を吹き返す。

レンと通信しているときだけは、自分が花子であることを忘れられるからだ。

——一年前の、三月三十一日。

「flower story《フラワーストーリー》」というスマホゲームのなかで、カコはレンと出会った。

カコというのは花子がアプリのなかで使っているハンドルネームだ。

flower story略してフワストは、花を育てて自分のショップに並べ、販売し、ゲーム内のマニマニという通貨を得て、ショップのインテリアや、アバターに身につけさせる品物を買うだけの単純なゲームなのだが、一年前、かなり流行った。

リリース当時「新しい自分と出会おう！」確かそんなキャッチコピーのコマーシャルが毎日のように流れていて、flower storyという名前が気になりインストールしたのだ。

花子は、あまりゲームをしたことはなかったし、おそらく得意でもなかった。

だから始めは興味本位、あるいは暇つぶしに過ぎなかった。

なのに気が付けば、時間が有り余っていたのも相まって、夢中でのめり込んでいた。

ゲームが得意でなくても、基本的には花を育てて収穫するだけでよかったし、理想の自分像であるアバターに、獲得した洋服を着せるのがたのしかった。仮想空間なら、どんな素敵な洋服を着ても嫌なことが起こることはない。

それにゲームのなかの花子は花子じゃない。

カコだった。

ただ一つ厄介なのは、このスマホゲームは、フレンドがいないとR《レア》アイテムを集めるのにかなり不利な仕様になっていた。花子にはどうしても集めたい洋服のアイテムがあったが、それはフレンドからもらえるR《レア》花を育てなければ手に入れられないものだった。

けれど花子は、画面の向こうの人たちにさえ行動を起こすのがこわかった。拒否されるかもしれないと思うとフレンド申請を送ることはできなかった。


レン〉はじめまして。フレンドになってください。


メッセージが届いたのは、そんなときだった。

それは花子にとって、降りはじめた雨の最初の一滴が額に落ちてくるような確率に思えた。だがフレンド集めが重要になってくるこのゲームにおいて、レンは不特定多数にそう送っていただけだろう。

なぜならそのメッセージは、ただの定型文だった。

けれど花子の心臓はぎゅっと摑まれた。

普段ゲームをしない花子には、それが定型文だとわからなかった。

花子はすぐに承認ボタンを押すとメッセージを送り返した。

カコ〉はい。誰かフレンドになってくれないかなって、思っていました。
　　だから、申請してくれてありがとう。

送信後、花子の胸は異様なまでに波打っていた。

二分後、キラリンと通知音が鳴った。返事だとわかったのは、こんな真夜中に花子のスマホが鳴ることはないからだ。

レン〉フレンドになってくれて、ありがとう。カコさん、よろしくね。

メッセージ画面をひらいた瞬間、動揺のあまり花子の手からはスマホがすべり落ちた。

はじめてだったのだ。誰かからこんなふうに返事をもらうのは。

人との関わりを避けてきた花子は、母以外からメッセージを受信したことはなかった。

心を落ち着かせるべく、花子は天井に満天の星空を投影した。

家庭用の小さなプラネタリウムで、誕生日プレゼントに母がくれた品だ。きっと、外に出られない花子のことを思って選んでくれたに違いない。ゆっくりと回転する偽物の星空を眺めながら、花子はベッドに横たわり、深く呼吸をした。

この空の下に花子と同じように部屋に閉じこもっている人は、どれくらいいるのだろう。

そのなかで外に出られた人は、深い傷を乗り越えてまで、何を見たいと思ったのだろう。

花子の心に浮かんできたのは、桜の花だった。

偽物の星空の下、花子は返事を送った。

カコ　〉いいえ、こちらこそありがとうございます。レンさんのフラワーショップ、
　とても素敵ですね。
　見たこともないR花《レア》がいっぱいで。

レン〉そうですか？　毎日暇でスマホばっか触っているダメ星人です。カコさんのアバターは、おしゃれですね。

カコ〉いえ、私こそダメ星人です。この春季限定の花柄ワンピースが欲しくて、今日はずっと夢中でチューリップを育てていました。

レン〉じゃあお互いダメ星人ということで、これからよろしくです。笑

その夜、通知音が鳴るたびに、花子は久々に生きている感覚に包まれた。機械ではない、どこかで息をしている誰かが、自分だけに言葉を紡いでくれているなんて、夢を見ているみたいだった。

レン〉質問していいですか？　カコさんは、何歳ですか？

カコ〉私は、二十歳です。

カコ〉レンさんは？

レン〉俺は二十四歳です。二十歳だったら、大学生ですか？

でも明け方、その質問が、花子を現実に引き戻した。

否応なしに蘇る。二年前の、卒業式のこと――。

花子は大学生になる予定だった。睡眠時間を削って、一生懸命に勉強をして受かった大学。でも、行けなかった。

本当のことを言ってもいいのか、花子は躊躇《ちゆうちよ》した。

嘘を吐《つ》いてもバレないだろう。レンは会うことのない、い、い、相手なのだ。

それに引きこもっているなんていうネガティブな情報を伝えれば、返事が来なくなるかもしれない。

カコ〉私、少し嫌なことがあって、高校を卒業してから、引きこもっているんです。

　ダメ星人過ぎて、引きますよね。

けれど花子には、嘘など吐けなかった。

だが花子は、すぐにその選択を後悔した。

それまで十分間隔で続いていたメッセージの返信が、ぱたりと来なくなったからだ。

考えてみれば当然だった。引きこもりなんて情報から、間違っても可愛い女の子の容姿は連想させない。相手に浮かぶのは、間違いなく、暗く陰鬱なイメージだろう。レンから返事が来なくなって、再び花子は真夜中に取り残された。

というよりずっと、真夜中のなかだ。

プラネタリウムが放つ光の下、花子は4・7インチの画面を操作し始めた。ツイッターをひらき、不特定多数に向けられた会ったこともない人の呟きを、永遠にスクロールする。アカウントは持っているけれど、自分で何かを呟いたことはない。いつもただ、他人が吐く言葉を無表情に眺めていた。トレンドを知っても、引きこもっている花子には何も影響がない。

会ったことのない芸能人が死んでも、人気アイドルグループの誰かが引退しても、悲しい気持ちにはならない。

なのに毎日、この世界のことが気になるのはどうしてだろう。

わからないままに、花子は最新情報を入手し続けた。

そのうちに花子は眠ってしまっていた。

浅い眠りだった。だからだろう、夢を見ていた。

花子は階段を登っていた。永遠に続くような、長い階段だった。それでも登り続けていると、頂上が見えてくる。

大丈夫、きっと会える……。

――誰に会えるのかもわからないのに、夢のなかで花子は、そう思った。

着信音で花子は目を醒ました。

部屋は薄明るい。明け方だった。

握り締めたままのスマホには三件の通知が表示されている。

レン〉引いたりしませんよ。

レン〉俺も大学を卒業してから、就職うまくいかなくて、二十四歳にもなってフリーターでダメ星人すぎて嫌になります。何があったのかはわからないけど、カコさんはまだまだこれからだと思います。

レン〉というか歳も近いことだし、敬語やめませんか？　笑

返信を読み、枯れた花が蘇るかの如く、花子は生き返った心地になる。

深呼吸をして、スマホを抱きしめながら天井を仰ぎ見る。プラネタリウムが映し出す空は、冬から春に変わっていた。

＊

それから一年が経ち、今日に至る。

毎日ふたりのメッセージ交換は続いている。

レンという名前が通知画面に表示されるたび、花子はレンを好きになっていった。

時間《とき》が止まった部屋のなか、レンが紡いでくれる言葉だけが、花子の生命線だった。

レンは深夜のコンビニで働いていて、一日二回、バイトに行く前と、バイトが終わる明け方頃にメッセージをくれる。


レン〉カコ、おはよう。俺は今バイトが終わりました。桜が満開だね。


レンは夜でもおはようという。花子はそれがなんだか好きだった。

当然だがレンは花子のことを「カコ」と呼ぶ。

レンにカコと呼ばれるたび、花子は自分ではない女の子になれた気がした。

花子はレンのメッセージを読み終わってすぐベッドから起き上がると、カーテンを開けた。

しばらく閉じたままだったからだろう。気が付かなかった。

外はいつの間にか春になっていた。

濁りきった視界のなかで満開の桜が輝く。

地上に降りそそぐ花びらを見つめながら花子は想像していた。

桜の雨が降りしきる道を、レンと歩く自分の姿を。

でも花子は知らない。

レンの顔も。どんな声で話すのかも。どんなふうに笑うのかも。

知っているのは二十四歳であるということ。東京に住んでいること。大学を卒業してから就職がうまくいかず、コンビニでアルバイトをしていること。

ゲームが好きで漫画はたまに読むけど、小説はほとんど読まない。好きな映画はサマーウォーズ。

たったそれだけ。

それに、レンと出会った場所は、ただのスマホゲーム。

アプリを消せば、たった一秒で消えてしまう世界。

けれどレンを好きになるほどにそこが現実になった。花子は4・7インチのディスプレイのなかで息をしていた。

＊

真夜中のはじまり。

花子はフワストのレンのプロフィールページを眺めている。ハンドルネームの下には、Birthday 04/01と記載されていて、スマホの上部には3/31 23:30の表示がある。

つまりもうすぐレンの誕生日がやって来る。

本来であればプレゼントを渡したいところだが、買い物に行くことはできないし、だいいちレンの本名も住所も知らない。そんなことを訊《たず》ねるのはマナー違反でもある。

だからせめて、0時ぴったりにメッセージを贈りたい。

昨夜から花子は、どんな文面にしようかを真剣に考えている。好きな人の誕生日にメッセージを送ることにずっと憧れていた。

映像でしか見たことのない東京。母と父が住んでいた東京。

大勢の人が行きかうのだろうその街のどこかで、レンが生活している姿を想像しながら花子は文章を綴《つづ》った。

カコ〉レン、お誕生日おめでとう。

カコ〉生まれてきてくれて、ありがとう。

0時になるのを見計らって送信する。その瞬間、京都から東京へ約五百キロメートルの距離を、一秒もかからず走っていく。もう何年も声を放っていない所為《せい》で、花子はうまくしゃべることができない。

だけどこの小さな電子機器があれば、ただの引きこもりでしかない花子の言葉が、どこまでも届く。ツイッターに気の利いた言葉を呟けば、何十万人に読まれる可能性だってある。

こんな世界を花子は時どき不思議に感じる。

だって部屋から一歩も出ていないのに、恋さえしたのだ。

メッセージはすぐに既読になった。レンはバイト中だから、あまりスマホを見られないはずだが、タイミングがよかったのかもしれない。

そしてまもなくしてキラリンという通知音が部屋に鳴り響いた。いつだってレンから連絡が来るだけで、花子の心はうれしさで満開になる。
レン〉ありがとう。うれしい。
レン〉それで、突然なんだけど、会いたい。
レン〉カコの都合のいい日、京都へ会いに行ってもいいかな？
けれど返ってきたメッセージを見て、花子は激しい目眩《めまい》におそわれた。
指先が震えだす。
耳の奥で、誰かのひそひそ声と、悲鳴が混じり合う。
まるで昨日のことのように、過去の記憶が蘇ってくる。
いやだ。こわい。こわい。こわいこわい。
もう二度と傷つきたくない。あんな思いはしたくない。
なのに――どうして私は恋なんてしてしまったんだろう。
熱を帯びたスマホを握り締めながら、花子は意識を失った。

第二話

真夜中

バイト先のコンビニへと向かう下り坂の途中で、ふと立ち止まる。

ライトアップされた満開の桜の木から、花びらが落ちてきたからだ。

光に照らされながら目の前に降ってくる花びらを反射的に掌で掬《すく》う。

それは嫌がらせのように見事なハート形をしていて、俺は溜め息を吐いた。

誰もが充実している様子を拡散するこの異常な世界で、いつからか、溜め息以外の息がうまくできなくなった。

毎日生きるために何かを食べ、終わりのないゲームをプレイし、夜になればバイトへ行く。

これ以上ない非生産的な真夜中の底で、憂鬱《ゆううつ》以外の何を感じることもない。

それにしても、働く側になると、入店するときのこの陽気な音楽は、もはや不協和音でしかない。

深夜のコンビニは負の臭いが充満している。陰気臭いのだ。やって来る客も、流ている空気も、すべてが。でも気が付けば俺も、その一部だった。

二十二時。バックヤードに入り制服に着替え、小汚い業務連絡帳をチェックしてから、レジに入る。

「おはようございます」

もう夜だというのに、こんばんはとは言わない。挨拶は何時《いつ》でも、おはようございます、と決まっている。働き始めたとき、なんだかバカみたいだと感じていたけれど、二年も働いていると、それが普通になった。

「雨下《あました》サン、おはよーございマス」

少しアニメがかった声が耳を突く。

大抵のとき、心配になるほどに髪を真っ青に染めた女子高生、蒼森《あおもり》さんと交代でシフトに入る。

アニメから飛び出してきたような可愛らしい顔をしているが、彼女を彩るメイクやファッションはかなり奇抜だ。

きれいな二重《ふたえ》の眼には白いつけ睫毛《まつげ》が羽ばたいている。

バイト中、決められた制服を羽織らなければならないが、そのほかは自由のため、今日も彼女は、ラメがふんだんにちりばめられたアシンメトリーなミニスカートの下に、パステルピンクのタイツ、厚底の苺柄スニーカーを履いている。それが原宿系と呼ばれるファッションなのだということは、最近知った。

一年前、蒼森さんがバイトに入ってきた頃、忙しいはずの高校生がフリーターの俺と同じくらいの頻度でシフトに入っている理由を訊ねたら、彼女はこう話していた。

「あたし、洋服のために生きてるんで。好きな恰好をしているときって、何でもない道を歩いたりするだけで楽しいじゃないですか。ああ、あたしがこの世界の主人公なんだって感じられるんです。だから値段とか気にせずに、可愛いと思ったものを買いたいし身に着けたいんですよ」

カラコンをつけているのだろう、髪色とおそろいの青い目を輝かせ、蒼森さんは生き生きと言う。

彼女が纏っている派手な洋服たちが、可愛いのか俺にはわからないが、彼女にはよく似合っているし、たまに蒼森さん目当てでやってきているであろうお客さんも見かける。

可愛くて明るくて自信に満ち溢れていて、学校ではさぞかし人気者なのだろう。

「てか雨下サンって、高三のとき将来何になりたいとか決まってました?」

レジに入るなり、何の前振りもなく、蒼森さんが問いかけてきた。

「なんで？」

きっと悪気はない。問い返し、笑顔を作る。

「今日学校で進路調査票渡されたんですけど、みんな超悩んでたから、ちょっと不思議になっちゃって」

「まあ、突然には、決められないよね」

言いながら、今でも俺は何になりたいかを書けないでいるのだと思うと、また気持ちが落ち込んでくる。

「蒼森さんは何て書いたの？」

「あたしは服飾の専門学校に進むつもりなんで、そう書きました。自分のファッションブランドを持つのが、小さい頃からの夢なんですよ」

潔《いさぎよ》く、その大きな目でまっすぐに俺を見つめ、そう言い放つ蒼森さんが、あまりにも眩《まぶ》しい。

「そっか、ほんとうに服が好きなんだね」

「好きっていうか、命って感じです。じゃああたし、時間なので上がりますね。お疲れさまでした！」

蒼森さんはテンション高く告げると、制服を脱ぎながらバックヤードに入っていった。

彼女と話したあとは、いつも少し疲れていることに気が付く。

俺には人生をかけるくらい好きなものなんてない。

特別な夢もない。

結果として、二十四歳にしてフリーターの自分は、いったいなんのために生きているのか。

レジのなかから、紫の光のなかで死んでいく虫をぼうっと見つめる。

ついこの間まで、蒼森さんと同じ十七歳だった気がするのに、学生服を着ていたのはもう七年も前だ。いつの間にそんな膨大な時間が過ぎていったのだろう。

制服を着ていた頃は、一時間目から放課後までを永遠のように感じていた。

教室の窓に流れていく景色は、スローモーションがかかったようにゆっくりで、退屈な授業はいつまでも終わらなかった。

俺ははやく放課後になって家に帰って、エアコンの効いた部屋でポテトチップでも食べながら、ゲームの続きをしたいと思っていた。

それがいまや、自分の人生だけ、誰かに早送りされているみたいに、おそろしいほどの速度ですぎていく。

学生時代、漠然と、何者かになれると思っていた。

それこそゲームのように、未来のシナリオは用意されているものだと信じていたのかもしれない。でも現実はハードモードだった。どんなに間違えたとしても、リセットはできない。

レジで客の対応をしているあいだに、蒼森さんが去り、店内には入れ替わるように、もう一人の深夜バイトが出勤してきた。この店では、夜勤のバイトは男と決まっている。

「井浦《いうら》さん、おはようございます」

笑顔で声を掛ける。どんな相手でも、誰かと話すとき、笑顔を浮かべていないと不安になるのはもう癖だ。

「おはようございます」

井浦さんとは、必要最低限のことしか話さない。髪も髭もボサボサで、やせ細っていて不健康そうで、なんだか幽霊みたいで気味が悪いからだ。

二年ほど一緒に働いているが、俺は井浦さんのことを殆《ほとん》ど知らない。知っているのは四十三歳だということと、この店で十年前から働いていることくらいだ。

ずっとここで働き続ければ、俺もいつかあんなふうになってしまうのだろうか。それとも、もうなりかけているのか――。店内の蛍光灯に照らされるたびに、自分が腐っていくような気がして、ぞっとする。

「いらっしゃいませ」

虚しさのなかで淡々と手を動かす。なるべく客とは視線を合わせない。合わせる必要もない。レジに差し出された商品のバーコードを読み取り、袋に詰める。誰にだってできる仕事だ。

レジに差し出されたコンビニ弁当を一つと缶ビールを一本、バーコードを読み取る。

「八百七十五円になります」

「はーいって、蓮《れん》じゃん！　お前、バイトしてんの？」

高校時代の友達。顔は覚えているが、名前が思い出せない。それにスーツを着ている所為か、同級生だったはずなのに、ずいぶんと老けた印象だ。

「あ、うん」

「就職は？」

現実はいつも、断りも入れず、痛みに触れてくる。

「あー、最初に勤めてたとこ、先月辞めちゃって。いま、繋《つな》ぎ」

俺は咄嗟《とっさ》に嘘を吐いた。くだらない、嘘だ。

「そうなんだ。ブラック企業とか多いしなー。まあ、また飲も！」

これはそれほど興味がない友達に会ったときの定型文だ。

「おー、またな」

精一杯の笑顔で、手をふる。

それからしばらくのあいだ、心臓がばくばくと波打っていた。

深夜のコンビニバイトは、時給がいいからはじめた。大学卒業後、友達のなかで、どこにも就職できなかったのは俺だけだった。

いわゆるお祈りメールと呼ばれるものを、何通読んだのかわからない。ディスプレイのなかで祈られるたび、俺は思い知らされた。自分が上辺《うわべ》だけの空っぽな人間なのだということを。

でも本当は、何にもなりたくなかったのかもしれない。俺はいつだって、この世界から消えてしまいたいと思っていた。

夜が深まるにつれて、客は途絶えがちになる。

「休憩入りまーす」

廃棄になったピザまんをもらい、コーヒー牛乳を買って、バックヤードへ入った。このバイトで唯一気に入っている点があるとするならば、廃棄がもらえることだ。

コーヒー牛乳を飲みながら、ポケットからスマホを取り出す。

習慣のようにインスタをひらくと、タイムラインには口裏を合わせたように、桜の写真ばかりが投稿されていた。

チーズがたっぷり入ったピザまんを頬張り、表示された写真にいいねを押す。心からいいねと思っているわけではない。ただ友達だったから押すだけだ。

#誕生日もバイト

いまコンビニの風景と共に、そう投稿をしたら、いいねは何件つくのだろう。

インスタは大学生の頃に、周囲にあわせて登録したが、二年前の卒業式から何も投稿していない。だいたいバイトとゲームしかない日常には、投稿することなどない。死にたいとか消えたいとか、そういう病《や》んだ投稿をするくらいならアカウントを消したほうがマシだ。というか、もう消したい。

そう思うのに、毎日のように友達の投稿をチェックしては、自ら絶望し続けている俺はいったい何を求めているのだろう。

この適当につけられた名前のせいで、人生もそのようになっているような気がしてならない。

「蓮」という名前は、俺が生まれた年、赤ちゃんの名づけランキングで一位だった。

そして、名前をつける気力がなかった親父は、ただ人気だという理由で、その名前をつけたのだ。

親父は俺を独りで育ててくれた。

母が俺を産んですぐに死んでしまったからだ。想像もしたくないけれど、俺を産んだから死んだのだ。

人が人を生み落とすというのは命懸けだ。

それを誰よりもわかっているのに、俺はこの世界から消えたいと願っていて、それはきっと罪深いことなのだと思う。

二十五歳。それはもうすぐやって来る俺の年齢であり、母が俺を産んだ年齢でもある。

ずっと、親父とふたりで暮らしてきた。必要以上に会話をすることはなかったし、親父は意識的に俺と目をあわせなかった。生き写しのように母に似たこの顔を見るのがいやだったのだろう。

大学を卒業するとともに、家を出た。親父は何も言わなかった。

一人暮らしは、金銭的な問題を除けば、快適だった。

俺は死にたくなるほどに親父に気を遣って生きてきたから。

「娘は、心のきれいな子だった。お前を授かったことが、人生でいちばんうれしかったと言っていたよ。あの子が生きていたら、よかったのにね」

けれど静まり返った部屋で、そう祖母が話していたことを、ふっと思い出しては悪夢を見た。

親父も祖母も、親戚も、俺が生まれてきたことを心の底から喜べるはずはなかった。

むしろ俺が死んでも母が助かることを願っていたのだ。

至極《しごく》あたりまえのことだ。

だから生まれてきた俺はその瞬間から罪びとだった。

だが学校では、いちばん人気という名前のおかげか、母親ゆずりの整った顔立ちのせいか、人気があった。

女の子から告白されることも珍しいことじゃなかったし、友達もたくさんいた。

くだらないざわめきが途絶えることのない教室で、俺は毎日、何が面白いのかもわからない会話にあわせて、笑うふりをしていた。

本当は何もたのしくなどなかった。

世界は無色透明だった。

そしていまも、生きることも死ぬこともできないまま、ただ息をしている。

命懸けで俺を産んだ母は、こんな俺を見たらどう思うだろう。

客がはけ、店内にはアイドルが騒いでいるだけのラジオが流れている。

「雨下くん、ちょっといいかな」

菓子類の品出しをしていた俺の背後で、ぼそりと井浦さんが呟《つぶや》いた。業務のこと以外で、井浦さんから話しかけられることはない。何か問題が起きたのだろうか。

「はい、何かありましたか」

振り返り笑顔を向ける。

「僕、今日で終わりなんだ。一応、報告しとこうと思って」

「え、辞めるんですか」

予想外な報告だった。

「うん。久々に仕事の依頼が来てね、そっちに集中したいから」

「仕事？　井浦さん、他にも何か仕事してるんですか」

バイトを掛け持ちしているのだろうか。でも依頼とは何か。俺は訊ねた。

「あ、言ってなかった、かな。僕、小説を書いていて」

井浦さんはやや躊躇しながら答えた。

「小説家ってことですか」

「まあ、一応」

「凄《すご》いですね」

内心、動揺していた。井浦さんは自分と同じ、というより自分よりもっと深い夜の中にいるのだと思っていた。でも小説家なんて、選ばれた人間しかなれない職業だ。

「いや、全然凄くないよ。凄くないから、まだこんな場所にいるんだ。売れないし、依頼だって滅多にこない。才能ないってわかっているのに、馬鹿みたいだと思うよ。でも今度がもう、最後のチャンスだと思うから頑張りたいと思ってね」

そんなふうに自分のことを話す井浦さんを、はじめて見た。就職活動に失敗した時と同じ、また自分だけが、暗闇に取り残されていくような感覚が襲う。

「どんな作品、書いてるんですか」

俺は小説を読まない。だから知っても仕方がない。ただ、胸騒ぎがした。

「言っても知らないと思うけど……」

ややあって、井浦さんは言った。

「『花物語』って本とか、かな」

その瞬間、心臓がドクンと跳ねた。同時にポケットのなかでスマホが振動する。誰からの着信なのかはすぐにわかる。こんな真夜中に言葉を送ってくるのは一人しかいない。いつもなら休憩になるまでメッセージを読むのは我慢するが、いてもたってもいられず、スマホを取りだすとメッセージ画面をひらいた。

カコ〉レン、お誕生日おめでとう。

カコ〉生まれてきてくれて、ありがとう。

「新しい自分と出会おう！」

一時期、広告には「flower story」というスマホゲームばかりが表示されていた。可愛い動物のキャラクターや、アバター機能、いかにも女の子が好きそうな、ゆるそうなゲーム内容。

そのアプリをインストールしたのは、ただの暇つぶしに過ぎなかった。だがはじめてみると、アプリストアの人気ランキングで上位に食い込むだけあって意外とハマった。そもそも俺は、ゲームに熱中するタイプだ。好きなのもあるし、ゲームをしているときだけは、現実を忘れられる。

ある程度ゲームが進行すると、図鑑をコンプリートするためには、フレンドから花の種を入手しなければならないことがわかり、他のプレイヤーのショップに訪れては、無造作にフレンド申請を送信していた。

レン〉はじめまして。フレンドになってください。

だからそれはただの定型文で、

カコ〉はい。誰かフレンドになってくれないかなって、思っていました。
だから、申請してくれてありがとう。

そんなふうに、ていねいにメッセージを返してきたのはカコだけだった。
一緒に戦ったり、コミュニケーションが必要なゲームならまだしも、こんなゆるいアプリの、半ば義務的なフレンド申請に、律儀に返答してくるプレイヤーなどいない。
自分も含め、みんな機械的だった。
けれどそのメッセージは、生きていた。息を、していた。

レン〉フレンドになってくれて、ありがとう。カコさん、よろしくね。

申請を送ったのは自分なのだから、一応返事をするべきだろう。そう思い、メッセージを返すと、カコからはまた返事が来た。やはりというかていねいなメッセージだった。無視をするのも感じが悪い。すぐに返事を送ると、再び返事が来た。

そして夜の間、それは繰り返された。


カコ〉私、少し嫌なことがあって、高校を卒業してから、引きこもっているんです。ダメ星人過ぎて、引きますよね。


だが明け方、カコから返ってきたそのメッセージに、俺は動揺していた。

思い出したのだ。

高校二年生のバレンタインデーの日のことを。

放課後の教室で、もらったチョコレートを通学リュックに詰めていると、日直同士、共に居残り作業をしていた女の子が、そっと俺の傍《そば》に立ち、美しくラッピングされた箱を差し出した。

「こっ、これ……よかったら、受け取って、ください」

彼女の両手は寒いからではなく震えていた。ひどく緊張しているのがわかった。

「倉田《くらた》さん、ありがとう」

俺は笑顔を浮かべて言った。

彼女はクラスでも目立たない地味な生徒だった。記憶の限りでは、友達といるところも見たことがない。

でも俺は、目があえば声を掛けていた。誰にでも優しいといえばそうだが、裏を返せば、誰に対しても興味がなかった。ただ——誰にも嫌われたくなかった。

ホワイトデーの日、俺は登校とともに倉田さんの席へお返しを渡しに行った。薔薇《ばら》の刺繍が入ったハンカチ。他の子には定番のマシュマロを選んだが、なぜだろう、彼女には違うものを渡したかった。純粋に、本当に俺を好きになってくれたのが伝わってきて、うれしかったから。

「わ、ありがとう」

ハンカチを受け取った倉田さんは、俺を見上げてうれしそうに顔を赤らめながら言うと、机から一枚の封筒を取り出した。

「手紙を書いてきたの……。読んでくれたら、うれしい」

手紙には、恋心をすべてを吐きだすかのような、長い文章が綴られていた。言うまでもなくラブレターだったが、まるで一篇の小説のようでもあった。

読み終わったあと、俺は机に手紙をしまった。それがいけなかった。

気が付いたときには、ラブレターはクラス中で回し読みされていた。おそらく、俺と倉田さんのやり取りを見ていた誰かに盗まれたのだろう。

翌日から学校は春休みに入り――三年生になったとき、倉田さんはもう学校へは来なかった。

「倉田さん、来ないねー」

「当然でしょ」

「てゆうか陰キャの分際で蓮くんに告白するとか勘違いやばくない？」

俺のファンらしき女子たちが陰口を叩いていた。犯人はその中の誰かだともわかっていた。

「ね、蓮くんもあんな陰キャ、興味ないでしょ？」

でも俺は何も言えなかった。

ただ、笑顔を向けた。嫌われるのがこわかった。

レン〉引いたりしませんよ。

レン〉俺も大学を卒業してから、就職うまくいかなくて、二十四にもなってフリーターでダメ星人すぎて嫌になります。何があったのかはわからないけど、カコさんはまだまだこれからだと思います。

あのとき心のどこかでカコに倉田さんを重ねていた。

倉田さんのことを、好きだったわけではない。クラスメイトの言うように興味だってなかった。ただ、あのうれしそうな顔が、一生懸命言葉を伝えてくれた姿が、心の底にこびりついていた。


カコ〉レンは好きな小説とかある?

レン〉ごめん、俺ゲームばっかりしてるから、本はあまり読まなくて……漫画はたまに読むよ。

レン〉カコの好きな小説教えてほしい!

カコ〉私がいちばん好きなのは、『花物語』っていう恋愛小説。私の運命の本なんだ。

レン〉運命かあ。どんな内容か、訊いていい?

カコ〉切ないけど温かい気持ちになれる話だよ。本を愛する主人公が自分に似ている気がして、読んでいる最中、ほんとうに恋をしているような気持ちになった。私もがんばろうって思った。あんなに夢中になって読んだ小説は、花物語だけなの。

レン〉へえ、恋愛小説とか手に取ったこともないけど、すごい読んでみたくなった。今度、探してみるよ。

カコ〉うん、ぜひ読んでみてほしいな。離れているのに同じ本を読むのって、素敵だね！

以来、好きな映画の話など、カコとのメッセージは途絶えることがなかった。

顔も知らない相手と何をしているのだろう。

俯瞰的《ふかんてき》にそう思う一方で、文字だけのやり取りは、ふたりで物語をつむいでいるようでたのしかった。

そして、いつからか。

――俺はカコからのメッセージが、待ち遠しくなっている。

「……知ってます、花物語」

この気持ちは、仮想空間にいるゲームの女の子に憧れるのと同じだと思っていた。

けれど、そう告げたとき——いっきにカコが、現実世界に存在することを感じた。

「ほんとうに言ってる？」

井浦さんは、目を丸くした。あまり売れていない本なのだろうか、俺が読んだことを信じられないというような表情だ。

「知り合いから、薦められたんです。あんなに夢中になって読んだ本はないって」

カコの言葉を思い出しながら伝える。

「それは……うれしいな。その知り合いの方に、ありがとうって伝えておいてくれるかな？」

井浦さんはこれまで見せたことのない表情で頬を掻いた。

「はい、伝えます。あの、今、伝えてもいいですか？」

「う、うん」

井浦さんが戸惑いながら頷く。

俺はすぐにバックヤードへ入った。

レン〉ありがとう。うれしい。

レン〉それで、突然なんだけど、会いたい。

レン〉カコの都合のいい日、京都へ会いに行ってもいいかな?


素早くフリック操作をして、勢いのままに送信する。

会いたいなんて書いたことに自分でもおどろいている。でも花物語のことを、メッセージで伝えてはいけない気がした。直接伝えなければいけない気がしたのだ。

メッセージはすぐに既読になった。

＊

午前六時の空はまだ薄暗い。

朝のパートのおばちゃん達と交代の時間になり、俺は私服に着替えた。疲れているはずなのに眠くならないのは、気分が高揚している所為だろう。

パーカーのポケットからスマホを取りだす。

カコからの返事はない。

迷惑だったら、スルーしてね。

打ちかけて、やめた。

わざわざ送らなくても、断られるだろう。

やっぱり会いたいなんてマナー違反だった。

「長い間、お疲れ様です」

帰り支度を終え、井浦さんのほうを振り向いて会釈をする。

「うん、ありがとう。こんな僕に、いつも優しくしてくれて、うれしかったよ」

井浦さんははにかんで、言った。

胸がざわつく。俺は井浦さんに優しくなんてしただろうか。わからない。覚えもない。ただ、笑顔を浮かべていただけだ。

店の外へ出ると、劣等感を煽《あお》ってくる朝の気配で、吐きそうになる。

満開の桜の下を、人が行き交う。眩しい朝の光を浴び、それぞれの目的地へと歩いていく。

俺だけが真っ暗な夜の底で動きだせずに立ち止まっている。

もう、疲れたな。何もしていないけれど、ただこうして生きていることに、疲れた。

「はぁ……」

あの桜の花びらのように、音もなく散りたい。
そう思ったとき、スマホが振動した。
4・7インチのディスプレイに視線を落とす。

カコ〉私も、会いたい。

＊

午前九時。
なけなしの貯金で京都までの自由席の切符を買い、東京駅から新幹線に乗り込んだ。
自分から言いだしたものの、カコと会うことにまだ現実感が伴わない。

カコ〉今日、十二時に京都駅の大階段の上、鐘の下で待ってるね。

あのあと、カコからはそうメッセージが届いていた。
会いたいとは言ったけれど、まさか当日だとは思っていなかった。でも誘ったのはこっちなのだから、違う日にしてくれなどとは言い出せない。それに俺も、今日でなければ、顔も知らない相手に会うために京都に向かうくらいの衝動は起こらなかったかもしれない。

ほんとうにカコは待ち合わせ場所へやって来るのだろうか。引きこもった理由に、嫌なことがあったとは書いてあったけれど、何が原因なのか詳しくは訊いていない。精神的なものだとしたら、少しくらいは外出できるレベルなのか。

いったいカコはどんな女の子なのだろう。

カコの紡ぐ言葉はていねいで、やさしくて、引きこもりというネガティブな情報がありながらも、俺が想像のなかで勝手に作り上げたカコは、どうしてか可憐な女の子だった。

俺は別に容姿を重視するタイプではないし、だいたい誰も好きになったことがない。けれど想像とかけはなれた女の子が来れば、想像のなかのカコを失ったことに、もしかしたらがっかりするのかもしれない。

まあその可能性は高いと思うし、それでいいと思う。俺はただ花物語のことを伝えたいだけだ。カコの運命の本を書いた人に会ったのだと。

なのに——どうしてこんなに緊張しているんだろう。

平常心を取り戻すべく、耳にイヤホンを嵌《は》めスマホで適当なゲームを始める。だがまるで集中できなかった。

十一時四十五分。

約束の十五分前、切符の時刻通りに、京都駅に到着した。

駅の向こう側には、京都タワーがそびえている。

その景色がくるりのアルバムのジャケットになっていたことを思い出しながら、指定された待ち合わせ場所へ向かう。ググったところ、結婚式なども行われている場所らしい。

京都に来たのは、はじめてだ。

有名な建築士が設計したらしい駅構内は、京都らしくないといえばそうだが、ゲームステージのように近未来的で、テンションが上がる。

大階段脇のエスカレーターを上がっていく。頂上に近づくにつれ、心臓の音がいやでも大きくなっていくのがわかる。

エスカレーターを乗り継ぎ、鐘の下に着くと、挙式が終わったばかりなのだろうか、ピンクの花びらが散らばっていた。

そして鐘の前には——、ひとりの女の子が立っている。

俺はカコの顔も知らない。

声も。どんな顔で笑うのかも。

知っていることといえば、二十一歳の女の子であること。京都に住んでいるということ。三年前から引きこもっていること。

ゲームはフワストしかプレイしたことがなくて、小説が好きで、いちばん好きな小説は『花物語』。好きな映画は、『耳をすませば』。

それだけだ。

けれど俺には、それがカコだとわかった。

少しダボッとしたリブ編みの白いニットを着ていても、華奢《きゃしゃ》だとわかる、その儚《はかな》い後ろ姿にゆっくりと近づく。気配を感じたのだろう、女の子は春らしい花柄のフレアスカートを翻しくるりと振り返った。

「もしかして……レン？　あの、はじめまして、私、カコです」

はじめて聴くカコの声は想像していた声よりも高く、甘かった。

心臓がぎゅっと摑まれる。

横に流した前髪と、胸元まで伸びた艶《つや》やかな黒い髪が、風そのもののように靡《なび》いている。

――ていねいに紡がれた文章のなかから、そのまま飛び出してきたような女の子。

「はい。はじめまして。レン、です」

俺はカコに一歩近づいて、言った。緊張のせいだろうか、いつものようにうまく笑顔が作れない。

「やっぱり、レンだ……よかった、会えた」

俺を見つめ、カコは微笑んだ。

まるで冬から醒めた花のつぼみが――ひらくように。

その可憐な笑顔に、心がどうしようもなく揺り動かされている。

「ずっとレンに会いたいと思ってた。だから、誘ってくれて、ありがとう」

たどたどしく、カコが言う。はじめてメッセージを交わしたときみたいに。

「俺も……。だから……えっと、来てくれて、ありがとう」

声が上ずる。身体中が熱くなる。

いままで俺は誰も好きになれないのだと思っていた。その資格がないと感じていたのかもしれない。

けれど違った。

だって俺は、たった一瞬で、目の前の女の子に、恋に落ちていた。

第三話　花物語

休み時間の教室では、同い年だからという理由で集結させられた男女が、其処彼処《そこかしこ》ではしゃいでいる。

私はいつも目立たないように、使い古された机と椅子と同化しながら、本を読んでいた。

本を読んでいる時間だけは、孤独であるということを忘れられる。

「本には誰かの人生のかけらが書かれてあるの。それを、たった千円で体験することもできるのよ。花子、たくさん本を読みなさい。そうするとね、いつか自分の人生に必要不可欠な、運命の本に出会えるから」

母がくれたその言葉が、私にとっては何よりのお守りだった。

学校帰りによく、京都駅の大階段のいちばんうえに座って、本を読んだ。

そこからたくさんの人が行きかうのが見えた。

すれ違うだけの運命が、この世界にはどれだけあるんだろう。

こんなにたくさんの人のなかから、運命の人を見つけて、結婚して子供が生まれて——そんな普通の人生を送ることは奇跡に違いない。

だから、私が生まれてきたことも、奇跡なんだろう。

でも、私は何のために生まれてきたんだろう。

本のページを捲《めく》りながら、いつも考えていたけれど、答えは見つからなかった。

色のない日々が過ぎるうち、私は高校三年生になった。

四月一日。始業式の日は昼過ぎで学校が終わり、私はずっと行ってみたかった一乗《いちじょう》寺《じ》にある本屋「恵文社」へ、バスに揺られて向かった。

そして、その本に出会ったのは、入店してすぐだった。

店内を彷徨《さまよ》う暇《いとま》もなく、新刊コーナーに陳列されていた赤色の本が視界に飛び込んできた。

『花物語』

切ない表情をした女の子の横顔が描かれた表紙――それはどこか、私と似ていた。

ページを捲ると、主人公は「花」という名前だった。

私は自分を重ねて、その単行本を買った。

それから帰りのバスで物語を読みはじめたとき、これが私の運命の本なのだと直感した。

それは、地味な女生徒の初恋が描かれた、どこにでもあるような話だったのかもしれない。けれど一行一行、手を抜かれることなく美しい文章で紡がれた物語は、私の細胞のすべてを支配した。

主人公が「花」という名前であったからだろうか、読み終えたとき、この物語をまるで自分が体験した日々のように感じていた。

ハッピーエンドなのに、涙がとまらないのははじめてのことだった。

恋が叶うことは、こんなに心が打ち震えるのだ。

私もいつか、いつか、こんなふうに人生に花が咲くような恋がしたいと思った。

そしてその一カ月後、花物語に出会ったおかげなのか、私は生まれてはじめての恋をしていた。

相手は、三年生になってはじめて同じクラスになった、千葉《ちば》翔也《しょうや》くん。

「おはよう、山岸《やまぎし》さん」

千葉くんは毎朝、椅子と同化することを心がけていた私が、どれほど教室の端にいても、そう声をかけてくれた。

千葉くんは容姿も整っていて、優しく、必然的に女の子に人気があった。

自分とはかけ離れた存在に萎縮して、私はいつも頷くことしかできなかった。

それでも千葉くんは毎朝、私に「おはよう」という言葉を欠かさなかった。

どうして千葉くんは、私に、声を掛けてくれるのだろう。

毎朝、不思議だった。

けれど「どうして挨拶をしてくれるの？」なんて、変な質問すぎて、できるわけもない。

クラスメイトだから。きっとそれが答えだろう。

それでも私は視界の中に千葉くんが存在しているだけでうれしかった。

誰かを好きだと感じるだけで、こんなにも世界は輝くのだ。

その頃私は、『花物語』の主人公に感化され、日記をつけるようになっていた。

「花日記」、ノートの表紙には、そう題していた。

はじめは書くことがなく、読んだ本の感想を綴っていた。けれど気が付けば、花日記の内容は、次第に千葉くんのことばかりになっていた。

春月一日
同じクラスになった千葉くん。毎日、挨拶をしてくれる。千葉くんは、どうしてこんな私に声を掛けてくれるんだろう。いくら考えてもわからない。この頃は毎日、千葉くんのことばかり考えてしまう。話したこともないのに。夢にまで出てくる。夢のなかで、私は千葉くんとお喋りをしている。たわいもないことだけれど、目が醒めてもドキドキしてしまう。

夏月一日

ずっと気付いていたけれど、これはたぶん恋以外の何物でもないのだと思う。私は、恋をしたんだ。はじめての恋を。まるで花物語みたいだ。ずっと小説のなかにしかなかった感情が自分のなかにあるなんて、夢みたい。

授業中、背中を見つめていたら、振り向いた千葉くんと目があってしまった。心臓が張り裂けそうになった。気持ちがおさまらなくて、古典の授業中、気が付いたらノートに、好きと十回も書いてしまっていた。

恋って、ちょっと気持ち悪い。

秋月一日

日直が同じになった。黒板に、私の苗字と、千葉くんの苗字が並んでいるだけで、うれしかった。

「黒板消し、ありがとう。日誌は、俺がやっておくよ」

千葉くんはそう話しかけてくれたけど、私はやっぱり頷くしかできなかった。

ありがとう、と言いたかったのに、恥ずかしかった。

冬月〇日
冬休みが明けた。
この一年、一生懸命勉強したから、千葉くんと一緒の大学に受かった。うれしい。
これでお別れじゃない。千葉くんの姿、遠くから見ているだけでいい。それだけの恋でいい。それくらいは、許されると思う。

二月二十八日
明日は、卒業式だ。頑張って千葉くんに話しかけようと思う。毎日、声を掛けてくれて、ありがとうって。頑張れ、私。

恋をすると、時間はあっという間に過ぎるらしい。

一年は早送りをしたみたいに過ぎていき、卒業式の日が訪れた。「3月9日」を歌う千葉くんの後ろ姿を見つめながら、私は少しだけ泣いた。

一年間、千葉くんは、毎日欠かさず私に挨拶をしてくれたというのに、私はついに一度も返事をできないままだった。

だから今日こそ、たった一言でいい、自分から千葉くんに話しかけたい。

卒業式が終わり、それぞれの教室に戻ろうとするタイミングで、私はずっと焦がれてきた千葉くんの背中に近づいた。

言わなきゃ。ちゃんと、言わなきゃ。

「あの、山岸さん、ちょっと、いいかな」

それは勇気をふりしぼって声をかけようとした瞬間だった。

いったい何が起こったのか、わからなかった。

自分の鼓動の音で、何も聞こえなくなるくらいドキドキしながら、私は頷いた。

「じゃあ、一緒に来て」

千葉くんは私の腕を掴むと、人気《ひとけ》のない外階段の踊り場へと連れて行った。

これは、夢だろうか？

千葉くんの手の感触が身体中に伝わってきて、倒れそうだった。

「山岸さん。よかったらなんやけど、俺と付き合ってほしい」

うれしいとか、しあわせだとか、感じることもできないままに、私はフリーズした。

それは妄想はしていたけれど、現実に起こることは考えもしていなかった展開だった。

かろうじて、ロボットのようにぎこちなく頷くことだけができた。

「ありがとう。じゃあ、そういうことで。……ごめんね」

千葉くんは固まっている私の頭をポンポンと軽く叩くと、何事もなかったかのようにくるりと背を向け、教室へ戻っていった。

私はその場に立ち尽くしたまま、しばらく動けなかった。

告白されたのだろうか。

それに付き合うって、どうすればいいんだろう。

今日が卒業式だというのに、私は千葉くんの連絡先も知らなかった。

だけど――ごめんね、とは、どういう意味だろう。

理解が追いつかないまま呆然としていると、誰かに背中を叩かれた。

千葉くん？

もしかして、連絡先を教えにきてくれたのだろうか。

ドキドキしながら振り返った。

けれどそこにいたのは、隣のクラスの小柳津《おやいづ》彩香《あやか》さんだった。千葉くんと同じ、サッカー部に入っていて、マネージャーをしている。学校でいちばんの美人で、いつも大勢の友達に囲まれている。

そんな殿上人《てんじょうびと》が何の用だろう。嫌な予感がした。

「山岸さん、これ拾ったから返すね」

小柳津さんが手に持っていたのは、花日記だった。

一瞬で背筋が凍る。昨日から見当たらないと思っていたのだ。

「これ、読んじゃったんだけど、めっちゃ感動した。山岸さんって文才あるね」

「でも、勝手に読んじゃったから、お詫びにこれ見せてあげるね」

小柳津さんはそう言うと、強引に自分のスマホを手渡した。ラバー素材の大きなうさぎ耳のカバーがついている。

ディスプレイには、LINEのトーク画面が表示されていた。

彩香〉ミカが山岸の日記拾ってんけど、日記によると、翔也のこと好きやったみたい。翔也も毎日山岸に挨拶してたみたいやん？　もしかして山岸のこと好きやったん？

千葉〉好きなわけないやろ。あんな陰キャ、キモいよ。

彩香〉ふーん。じゃあなんで、毎日挨拶してたん？

千葉〉別に、意味はない。クラスメイトやから。

彩香〉だったら、明日意味なく山岸に告白してみてよ。

千葉〉意味わからん。

彩香〉だって毎日挨拶してたとか、浮気やん。罰ゲーム。しないと別れるから。

「まあ、というわけでさっきの罰ゲームね。もしかして信じた？　てか私と翔也が付き合ってるん知らなかったん？　それで翔也はあんたにこんな酷いことできるくらい、私のことが大好きやから」

知らなかった。知りたくなかった。

小柳津さんは勝ち誇った顔をしている。

「罰ゲームでも、千葉くんと話せて、うれしかった」

私は、その千葉くんを夢中にできる恵まれた顔を見据え、自分でも驚くくらいの溌《はっ》刺《らつ》とした声でそう告げた。

高校生活において、まともに声を発したのは、それが最初で最後だった。

それからどうやって学校から家に帰ったか、私は覚えていない。

ただ見つめているだけでしあわせだったのに。

それさえも許されなかった。

物語みたいに、恋をすることは素晴らしいことなんかじゃなかった。

――やっぱり私は、主人公になってはいけないのだ。

＊

それ以来、花子は外に出られなくなった。

千葉や小柳津やクラスメイトにばったり会ってしまったらと思うと、こわかった。

回し読みされた花日記の内容は少なくともクラス中に知れ渡っているはずだった。考えるだけで、おそろしかった。

もう二度と、恋などしない。

花子はそう思っていた。

それなのにレンに恋をしてしまったのは、レンが会うことのない相手だったからだ。レンという存在は、花子にとって現実ではなかった。レンにとっても、花子は現実でなかっただろう。

だから家から出られないのだと打ち明けられた。レンが引きこもりの自分とメッセージを続けてくれるだけでも奇跡だった。

――なのに会えば、嫌われてしまうに決まっている。

可愛いアバターではない現実世界の私の姿を見れば、レンはがっかりするに決まっている。

それに、もう何年もまともに声を発していない。会ったとしても、きっと何も話すことはできない。目を見ることさえもできないだろう。

だから花子がレンに会うことなど、不可能のはずだった。

＊

花子がはっとして目を醒ましたとき、辺りはしんと静まり返っていて、海の底にいるかのような真夜中だった。

会いたい。


あのメッセージを読んだあとからの記憶が花子にはなかった。

どうやら気を失っていたらしい。

花子は自分の不甲斐なさに溜め息を吐く。

それにしても嫌な夢を見ていた。

卒業式の日のことは、できるならば記憶の墓場に埋葬してしまいたい。なのに不幸な記憶ほど消えてくれない。もう三年の月日が経つというのに、記憶はますます鮮明になっていくような気すらした。

とにかくレンに、返事をしなければ。

花子は握りしめたままだったスマホに触れ、ディスプレイに明かりをつけた。

会いたくないと断ったら、レンはもうメッセージをくれなくなるだろうか。

そう思うと、こわくてなかなかアプリのアイコンに触れられない。

けれどこのまま放置するわけにはいかない。レンだって勇気を出して誘ってくれたのかもしれないのだ。

花子は小さく深呼吸をしてから、フワストのメッセージ画面を開けた。
そして——飛び込んできた会話に、目を疑った。

カコ〉私も、会いたい。

スマホが掌からこぼれ落ちる。
確かに花子は、メッセージを開けたあと、気を失い、いつしか眠ってしまっていた。寝ぼけて、送ってしまったのだろうか。
見間違いかもしれない。
花子は落としたスマホを拾い、もう一度画面に目を落とす。
だが何度確認しても見間違いなどではなく、あろうことかメッセージは続いていた。

カコ〉今日、十二時に京都駅の大階段の上、鐘の下で待ってるね。

レン〉今日か！ 笑 なんか緊張する。

花子は青ざめた。

——何を考えているのか。

会えるわけがないのに。

私なんかが現れたら、幻滅されるに決まっているのに。

それに、外には出られない。寝ぼけていたとしても、なんて無責任なことを送っているのだろう。

混乱のなか花子はいそいで言い訳を考える。

熱が出てしまって、行けなくなってしまいました。ごめんなさい。

嘘を吐くことに罪悪感を覚えながらも、慌ててそう打ち始めたときだった。

キラリンとスマホが音を鳴らした。

レン〉今日、来てくれてありがとう。夢、見てるみたいだった。

レン〉まだカコに会った現実感、ないよ。

……え？

どういうふうに考えてみても、意味がわからなかった。

私は、レンに会ってなどいない。

それどころか、部屋からも出ていないのだ。

レンは何を言っているのだろう――。

狼狽《うろた》えて花子がホーム画面に戻ると、日付が映った。

四月二日。

それは花子が気を失ってから、一日が経過していることを意味していた。

――一日中……寝ていた？

小学生のときだろうか、一度だけこういうことがあった。

花子はその朝、学校に行くのがいやで、ずっと眠りについていた。長い夢のなかで、母が呼びに来たら、今日だけは仮病を使ってしまおうと作戦を立てていた。

しかし夜になっても母は起こしに来なかった。

花子はおそるおそるリビングへ降りていき「今日、学校を休んだけど、怒らないの」そう訊いた。

するとは母は不思議そうな顔をして、花子は普段通りに学校へ行ったと告げた。

そのときも、花子はこういう感覚になった。

中学生になってから知ったけれど、それは夢遊病というものらしかった。

だがそれきり、発症することはなかった。

このやり取りが本当だとするなら、突発的に夢遊病が再発したと考えられる。でも私はこんな酷い姿で外に出て、レンに会ったのだろうか……。花子は戸惑った。

髪は寝起きのままのボサボサで、着用している服は地味さを極めた毛玉がついた灰色のスウェット。顔だって化粧などしたことがないから、当然のようにすっぴんだ。

心では、どれほどロマンティックなことを空想していたとしても、外見は典型的な引きこもり女でしかなかった。

それなのにレンから送られてきた文面は、おそらく自分を嫌ってはいなかった。

——そんなの、ありえない。

万が一、レンが見た目で判断しないタイプなのだとしても、こんな寝起き同然の姿を軽蔑しないなんてありえない。一緒に歩くことさえ、恥ずかしいはずだ。

ああ、そうだ。レンは間違えて、違う人と会ったのかもしれない。それを私だと思い込んでいるのだ。

花子はそう思いつく。

だって夢遊病のままデートをするなんて、幾らなんでも不可能だ。

そのとき再び、通知が鳴った。

花子は心臓が飛び出さないように胸をおさえながら、祈るようにメッセージ画面をひらいた。

レン〉あ、もしよかったら、「花子」って呼んでもいい？

レン〉俺のことも、「蓮」って呼んで。漢字にしただけなんだけど。

――花子。

花子はレンに本名を教えたことはない。だからレンが、その名前を知っているはずがない。

スマホの電源が落ちると同時に、花子の脳は完全にショートした。

第四話 生命線

不思議の国のアリスは、夢と現実の区別がつかなくなり、あたかも夢を現実のように感じていた。

翌日、花子はそういう心地だった。

どうにかショートした脳の修復をはかろうと、4・7インチのディスプレイで感動すると話題の映画を見ているが、まったく内容が入ってこない。

何をしていても落ち着かないのは、まだレンに返事をできていないからだ。

仮に夢遊病だったとしても、ほんとうにこんなに最低な姿で、レンと会ったというのか。やっぱり誰かと間違えているのではないのだろうか。

様々な推理が花子の心に渦巻くが、どれもしっくりこない。

レンは昨日、「花子」と呼んでもいいかと聞いた。自分以外の誰かが、その名前を知っているはずがなかった。

「はあ……」

花子の体内からは本日十六回目の溜め息が漏れる。

結局レンに何と返すべきなのか考え込んでいるうちに、映画は終わってしまった。

エンドクレジットが流れ出し、画面を切り替えようとしたそのとき通知が降りてきた。

レン〉俺のこと、嫌になったかな。

――ああ、どうしよう。

蓮に悲しい想いをさせてしまった。

はじめて会ったあとに何の反応もしないのだから、レンが悲観的になるのも無理はない。逆の立場だったら、不安になるどころの騒ぎではない。

だが花子にはやはり、レンと会った記憶がない。家から出た覚えさえないのだ。

だけどこれ以上レンのメッセージを無視し続けることなど、できない。

とりあえず、話をあわせるしかない――。

レンが会ったと言っているのなら、会っていないと送り返すほうが不自然な気もしてきた。

花子は呼吸を整え、返事を綴り始めた。嘘は吐きたくないが、レンとメッセージを交換できなくなるほうが、もっと嫌だった。

カコ〉ごめん、メッセージ、うまく送信できてなかったみたい。

カコ〉昨日、たのしかったね。花子って呼んでくれてありがとう。

カコ〉蓮って、漢字で書くともっと素敵だね。これからは、そう呼ぶね!


けれどメッセージを送ったあと、花子はなんだか妙な心地になっていた。

ほんとうにレン……いや、蓮と会ったような、そしてたのしかったような、そんな気持ちがわきあがってきたのだ。絶対に会ってなどいないのに、どうしてそんな感覚に陥るのか、花子にはわからなかった。


レン〉よかった。実際会ったら、嫌になったのかと思って、変なこと書いてごめん。

レン〉いまバイトが終わって、帰るところ。


返事はすぐに返ってきた。

明け方、午前六時過ぎ——いつもこの時間になると、蓮からのメッセージが届く。

返事がたのしみで、花子はますます夜更かしになってしまっていた。

蓮の言葉が届くだけで、どうしようもない真夜中に光が灯る。ひとりぼっちではない。そう感じられた。

カコ〉お疲れさま。
カコ〉蓮のこと嫌になるわけない。
毎日蓮からくるメッセージだけが、たのしみだから。
レン〉ありがとう。
レン〉俺も花子からのメッセージが、生命線なんだって思う。

——生命線。
その言葉に、花子の心は踊った。

カコ〉すごい。私もずっと、同じことを考えてた。蓮とのメッセージは、生命線だって。
レン〉生命線って、昨日花子が言ったんだよ。笑

会った覚えもないのだから、何を言ったかなど覚えているわけもない。けれどそれは——生命線なんて言葉は、自分でないと言えない台詞のような気がした。

だが戸惑っている暇もなく、蓮から続けて送られてきたメッセージに、さらなる衝撃が走った。

レン〉一緒に見た桜、きれいだったね。

蓮と一緒に、桜を見た――？

そのとき大画面のスクリーンで映画が始まるかのごとく、花子の目の前には桜の雨が降り注いだ。

ここは……どこだろう。桜の花びらでピンク色に染まった川。

蓮からテレパシーで送られてきているのだろうか。そんなことを本気で思ってしまうくらい、花子の頭に浮かんでくる光景は、どうしようもなくリアルだった。

目にしたことがないはずの美しさに見惚《みと》れながら、ふと花子はその花の雨のなかを、駆けてみたいと思った。

だけどほんの一瞬、外に出ることを考えただけでも、こわくて足が竦む。

だから蓮と一緒に桜を見たなんて、そんなの、ありえない――。

蓮はいったい誰と会ったのだろう。

本当に、私と会ったとしたなら、なぜ私のことを嫌いにならなかったのだろう。

花子には何もかもがわからなかった。

＊

この女の子は本当にカコなのだろうか。

自己紹介を終えてから、微笑むカコを前に、俺はなんだか、立ち尽くしてしまっていた。引きこもりの女の子が、こんなにもおしゃれに着飾ってくることに違和感も覚えていた。もしかして、引きこもっているという情報は嘘だったのか。そんな疑問を抱いてしまうのは、カコが今時の可愛い女の子だからだろう。

「えっと、どうしよっか」

直立不動の俺に、カコが困ったように呟く。

そういえば、カコに会うことだけを考えていて、どこに行くかすら調べてきていなかった。こういうものは普通、誘った側がプランニングするべきものだろう。

「よかったら、桜を見にいかない？」

俺は思いついたままに言った。この頃インスタで毎日のように桜の投稿を目にしていた。

「うん！　実は私も、レンと桜を見たいって思ってたの」

カコはそう言って、大袈裟《おおげさ》なくらいうれしそうに頷いた。

「じゃあ行き方調べるから、ちょっと待ってね」

と言いつつ、まだ場所も決めていない。

俺はいそいでスマホを取り出し【京都　桜　名所】で検索をかけた。表示された検索結果をスクロールしていき、目についたのは、「哲学の道」というスポットだった。

「カコは哲学の道って、行ったことある？」

「ううん、ない、と思う」

少し考えて、カコは言った。

「それならよかった。京都駅からバスで行けるみたいだから行こう」

「うん。たのしみ」

まだ少し気まずい雰囲気の中、京都駅の停留所から5系統のバスへと乗り込んだ。

哲学の道は、銀閣寺のほうから岡崎《おかざき》という場所の近くまで続いていて、六月になれば蛍も現れるらしい、きれいな川沿いにあった。

この時期は、道脇に連《つら》なる満開の桜の木から散りゆく花びらが川に降り注ぎ、川は恋をしたかのようなピンク色に染まる。

検索したブログにはそう書かれてあった。

そして目の前にひろがる光景は、まさに記事の通りだ。

「わあ……！　きれい」

まるで川に敷かれた花びらの絨毯《じゅうたん》だ。その美しさにカコもはしゃいでいる。

終わりを迎えた花びらは、もうゴミであるはずなのにこんなにもきれいで、人々に希望すら与える。

「うん、きれいだね」

「うん、こんなにきれいな景色、はじめて見た」

俺を見上げ、カコは微笑んで言った。カコの身長は一七五センチの俺よりも十センチ低いくらいだろうか。想像よりも背が高い。

それにしても、文字だけで繋がっていた相手が目の前にいるというのは不思議だ。

でもなぜだか、はじめて会った感じがしない。毎日のように言葉を交わしていたからだろうか。

そして目の前にいるのが、本当にカコなのか——まだ信じられないのは、カコがあまりにも俺が心のなかで作り上げたカコすぎるからなのかもしれない。

「なんか、こうしてレンと歩いているの、不思議」

川沿いを歩きながら、カコがつぶやく。

「俺もいま、そう思ってた」

「でもなんだか、はじめて会った感じがしない。って、私だけかな……」

「いや、俺も、同じ。はじめて会った感じがしないよ。不思議なくらい」

「本当？ それってこの一年間、ずっと言葉を送りあっていたから、なのかな。ただの文字だけど、私にとっては……生命線だったから」

カコがうっとりとまだ生きている桜を見上げながら言う。

――生命線。

はっとしたのは、その言葉を探していた気がしたからだ。

「あ、猫だ」

道脇の石のベンチで気持ちよさそうに毛づくろいをしている猫に、カコが駆け寄っていく。錆《さ》びた柄のあまりきれいとは言えない猫だ。

「ねえレン、知ってる？ 錆び猫はね、自分があまり可愛くないって知っているから、すごく賢いんだよ。どんなきれいな猫よりも、賢いの。だから私は、錆び猫がいちばん好き」

言いながらカコは猫の頭をやさしく撫でた。猫はうれしそうに目を細める。

「カコは、猫が好きなの？」

「うん、猫はいちばん好き、だと思う。飼ったことはないけど。でも猫だけじゃなくて、動物はみんな好きだよ。動物は、誰かの悪口を言ったりしないでしょう」

そう言い放ったカコは、悲しい目をしていた。

毎日連絡を取り合うなかで、俺はいつの間にか、カコのすべてを知っているようなつもりになっていた。けれど実際には何も知らない。

こんなに可愛らしい女の子が、どうして引きこもるようになったのだろう。気になるけど、今日は言葉を交わすだけで精一杯だ。

「レンは、動物、好き？」

カコが俺の顔を覗き込んで訊く。

「好きだよ。昔、犬飼ってた」

バロンは結婚前から、母が飼っていた犬だった。犬種はゴールデンレトリバー。飼った日に『耳をすませば』が金曜ロードショーでやっていたから、バロンになったのだという。あれは猫なのに。両親揃って名前の付け方は適当らしい。

そんなことはともかく、俺とバロンはいつも一緒だった。同じ布団で眠り、毎日遊んだ。母の代わりに、小さかった俺の世話をしてくれていたつもりだったのかもしれない。

本当に賢い犬だった。大抵の言葉は通じた。俺が「ずっと一緒にいよう」と言うと、バロンはいつもうれしそうにくぅんと鳴いた。

でも俺が中学生になる頃には、もうすっかり、おじいちゃんになっていた。

だから死は、避けられないことだった。

その日は俺の十三回目の誕生日だった。始業式が終わり、学校から帰ってきたら、いつも一緒に眠った布団の上で、バロンが動かなくなっていた。

いつかこんな日がくることを、知っていたけど考えないようにしていた。

何度名前を呼んでも、バロンはもう鳴いてはくれなかった。

俺は、どんどん冷たいかたまりになっていくバロンを抱きしめ続けた。体中の水分がなくなるのではないかと思うくらい涙がこぼれ続けた。

その後からだ。何も考えたくなくて、ゲームをする時間が長くなった。ゲームをしている最中だけは、その世界だけに没頭できた。

親父は、異常に無口になった俺を心配したのだろう。「子犬でも、見に行くか」そう誘ってくれた。「大丈夫だよ」と俺は笑った。大丈夫ではなかったが、新しい犬を飼う気にはなれなかった。だって新しい犬はバロンじゃない。バロンの代わりなんて、どこにもいなかった。

「犬も可愛いよね。なんていう名前だったの？」

俺が昔、と言ったからだろう。カコは、バロンがもういなくなったことを察して、そう訊いた。

「バロン」

耳に鳴き声が蘇る。その名前を、声に出して呼んだのは何年ぶりだっただろう。バロンのことを誰にも話したことはなかった。というよりずっと胸にしまっていた。思い出さないようにしていた。もうこの世にいないことがあまりにも辛すぎるから。

「それは、とてもいい名前だね」

カコは微笑む。

「そういえばカコは、映画のなかで、『耳をすませば』がいちばん好きだったっけ？」

「あ……えっと、そうだね。いちばん、好きだよ。でも、それとは関係なく、ほんとうに賢そうないい名前だと思ったの」

カコはなんだか歯切れが悪いような答え方をした。

「賢い犬だったよ。すごく」

「好きだったんだね」

「うん。でもバロンがいなくなって……、それから何も感じない。冷たい人間なのかもって、時々思う」

会ったばかりのカコに――どうしてこんなことを話しているんだろう。心死に隠してきたことを。だけどメッセージをしていてもそうだ。カコには話してしまう。心の何処《どこ》かで、同じ真夜中のなかにいるカコなら、受け入れてくれるとそう感じているからなのかもしれない。

「そんなことないよ。レンはきっと、人一倍、愛が深いんだよ。だから、ずっと悲しいんだよ」

カコは言った。

いままで自分が、愛の深い人間なんて、そんなことは考えたこともなかった。

「あ、なんだか、偉そうに言っちゃって、ごめん」

ぼうぜんとして、黙り込んでいると、カコは慌てて付け加えた。

「違うんだ。そんなふうに考えたこと、いままでなかったから」

俺はずっと、自分のことを冷たい人間だと思っていた。

でも何年も前の出来事に、これほどまでに痛みを感じ続けているのは、カコが言ってくれたように、愛が深いからなのだろうか。

わからない。でも自分が愛の深い人間だなんて、そんなふうには思えない。

「それにね、レンのくれるメッセージ、あったかいよ。いつも……楽しみにしてる」

「俺も、カコのくれるメッセージ、いつも楽しみだよ」

「ほんとう？　ありがとう」

引きこもっているなんて嘘みたいに、カコが笑う。

やはり俺は、騙されているのだろうか。でも目の前のカコは、いつものメッセージと変わりなく、優しい言葉を紡いでくれる。だけどどこかが違う気がするのは、ネットの世界で知り合った人と現実に会ったときに生じる違和感なのだろう。

撫でられて満足そうな錆び猫にバイバイをして、俺たちは桜並木の下をまた歩き出した。ふたりとも、いつしか緊張は解けていた。

どれくらい歩いただろう。桜並木が終わる頃、深刻な表情を浮かべ、カコが立ち止まった。

「……ねえレン、ひとつ言いたいことがあるの」

「なに？」

何を言われるのだろう。少し、緊張した。

「私ね……、私の名前ね……、ほんとうは……花子《はなこ》って言うの」

花子――。それは、カコにぴったりな名前だと思った。

だってカコと会ったとき、無色透明だった世界に無数の花が咲いたようだった。花のような女の子だと思った。

そして俺は、はじめての恋に落ちていた。

カコが、想像以上の女の子だったから――？

でも俺はこれまで、どんなに可愛い女の子に告白されたって、心を揺り動かされたことはなかった。

もしかしたら、俺は会う前から、カコのことが好きだったのだろうか。

でも文字のやりとりだけで、誰かを好きになることなんてあるのだろうか。

わからない。けれど毎日メッセージをしていなかったら――カコと街ですれ違っただけだったとしたら――俺はたった一目見ただけで、カコを好きになっただろうか。

「カコにぴったりの、いい名前だと思う」

まだ少し、この感情に戸惑いながら俺は答えた。

「ありがとう、私もこの名前、大好きなの」

カコはまた花が咲くように、ほんとうにうれしそうに微笑んだ。

バイトの時間があるため、夕方にカコと別れた。

話したことがすぐ過去に変わっていくなかで、好きと感じた気持ちだけが、新幹線に乗ってからも鮮明に残っていた。

品川駅へ着き、いつもの如く人でごった返した様子に、いっきに現実に引き戻される。

ついさっきまでカコと会っていた時間は夢だったのだろうか――そんな気分になる。

この駅では毎日三百万人もの人が行きかうという。

あまりにも多すぎる人のなかでは、運命など感じられないようにできているらしい。

人混みのなか、羽織っていたグレーのパーカーからスマホを取りだす。

別れ際、カコは京都駅まで送ってくれて「帰ったら、メッセージするね」そう言ってくれた。確実に俺よりもはやく家についたはずだが、カコからのメッセージはまだ来ていない。たったそれだけのことで、胸騒ぎがするのはどうしてだろう。

レン〉今日、来てくれてありがとう。夢、見てるみたいだった。

レン〉まだカコに会った現実感、ないよ。


送信済みになってから、はっとして思い出す。

そういえばカコは、俺にほんとうの名前を教えてくれた。

花子――と。

そう呼ぶべきなのかもしれない。カコはそう呼んでほしいから、名乗ったのかもしれない。それに俺はといえば、ハンドルネームが本名と同じだから、名乗ってもいなかった。


レン〉あ、もしよかったら、「花子」って呼んでもいい？

レン〉俺のことも、「蓮」って呼んで。漢字にしただけなんだけど。


メッセージを送り終えて、山手線のホームへと下った。通勤の時間帯ではないのに、いつもよりも人がごった返している。

ホームには、機械的なアナウンスが繰り返し流れていた。

××駅での人身事故の影響で遅延が発生しております——お客様にはご迷惑を——

電光掲示板によれば、もう二十分ほど停まっているらしかった。

「だる」

「死ぬなら別の場所で迷惑かけずに死ねよ」

ホームには、ネット上のような呟きが、平気で飛び交う。

カコがここにいたら、何を思うだろう。東京の喧騒《けんそう》に慣れてしまっている自分がなんだかいやになる。

電車はなかなか動き出さず、バイトには三十分ほど遅れてしまったが、蒼森さんが店長に内緒でカバーしてくれたおかげで、「今度何か奢って下さいよー」と、冗談混じりに言われただけで済んだ。

バイト中はすさまじい眠気が襲ってきた。昨日から一睡もしてないのだから当たり前だった。だが業務には慣れきっているし、カコと会っているときからずっと夢を見ているようだったから支障はない。

夜はいつも通り、サイダーの炭酸が抜けていくように、じわじわと明けていった。

勤務中、俺はしきりにスマホを気にしていた。けれどバイトが終わってもカコからのメッセージは来なかった。

またお祈りメールが来るのかもしれないし、それすら来ないのかもしれない。

画面上では気が合ったのに、会ってみればなんだか違った、という話は巷《ちまた》に溢れている。出会い系ではないが、ネットの世界で出会ったのだから、同じようなものだ。

俺だって今日、カコに落胆して、もう連絡を取らなくなった可能性もあっただろう。

そして昨日告げられた通り、井浦さんはもう来なかった。

「君は優しいね」

最後に井浦さんはそう言った。

でも俺は——あの日まで、井浦さんのことを四十三にもなってフリーターで、こんな汚い街のコンビニで十年も働いていて、生きている意味なんてあるのだろうかと、そんな冷たいことまで考えていたのだ。

きっと心のどこかで、自分は井浦さんよりマシだと、そう思っていたかった。

だけど花物語を書いた井浦さんは、俺なんかよりずっと世界のことを知っていて、人の何倍も色んなことを感じて生きていた。

よく、生きていれば人は物語をひとつは紡げるというけれど、俺にはきっと何も書けない。

「はぁ……」

思わず溜め息を吐いたとき、俺ははっとして思い出した。
そういえば——すっかり忘れていた。
カコに『花物語』のことを、話そうと思ったことを。

第五話　水占い

ここは、もしかしたら宇宙の果てかもしれない。

生ぬるい八畳の部屋のなかで、花子はぼんやりと思う。

私は毎日、この部屋で何をしているのだろう。なんのために生まれてきたのだろう。

京都駅の大階段のいちばん上に座って、物語を読んでいたときから、花子はまだ、その答えがわからないでいる。

世界は七月になり、身に覚えのないあのデートからもう三カ月が経つ。

本当に――蓮と会ったのだろうか。

以前と変わらずに連絡は取りあっているが、花子はまだ狐につままれたような、不思議な感覚に包まれたままだ。


レン〉今日、猫を見たよ。花子が好きだと言っていた錆び猫。

　　こんにちはって話しかけたら、返事をしてくれたよ。にゃーって。


だがデートをしたことを裏づけるように、蓮は時折、メッセージでは話した覚えのないことを送ってくる。

確かに花子は、錆び猫が好きだ。小説で読んだのだ。錆び猫は自分が可愛くないことを知っているから、可愛がられるように知恵があるのだと。なんて健気《けなげ》なのか。花子は感動し、いつか猫を飼うときがきたら錆び猫がいいと思っていた。

しかし繰り返すが、花子には蓮と会った記憶がない。あの日は深い眠りのなかで、卒業式の日の悪夢を見ていたことしか思い出せない。

なのにあれからというもの、蓮とメッセージを交わしていると、ほんとうに蓮と言葉を交わしているような感覚に陥るときがあった。そしてときどき、聞いたこともないのに、やわらかい蓮の声が、木の葉から滴る雨水のように、ふっと耳のなかに落ちてくる。

これが本当に蓮の声ならば、花子は蓮の声がとても好きだと思う。

私は、どんな声で話していただろう。

花子は、自分の声がうまく思い出せない。

明けない真夜中の底で、花子は日課になっているフワストをひらく。

ゲームは得意ではないけれど、このゲームは単純作業だから難しくない。むしろ単純すぎてうんざりするくらいだ。

ログインボーナスで笹の葉キットと短冊を受け取る。収穫すると、織姫&彦星衣装がもらえるらしい。

明日が七夕なのだと気付き、花子は一旦ホーム画面に戻り、天気予報のアプリを開いた。明日の京都は、夜から雨になるという予報がされている。

七夕は天の川を渡って、織姫と彦星が一年に一度出会う日とされている。御伽噺《おとぎばなし》なのだけれど、一年にたった一度しか会えないのに、雨が降ればそれも叶わないと聞いて、花子は七夕に雨が降るといつも悲しくなった。

でも果たして——一年という月日は、長いのだろうか。

引きこもっていると時間の感覚が薄くなっていき、一年などあっという間に過ぎていく。

この速度でいけば、死にたいなんて願わなくても、あっという間に死んでしまうのだろう。

だけど花子はいま、死にたいとは思わない。思わなくなった。

蓮からのメッセージがあれば、いつまでもこの部屋のなかで生きていられる気がするのだ。

花子はもう一度フワストを開き、メッセージの項目をタッチした。いちばん上に蓮の名前がある。最近、過疎化のせいか、フレンド申請が何件か送られてきたけど承認することはなかった。フレンドはもう蓮だけでよかった。

カコ〉明日は、七夕だね。蓮は短冊になんて書く？

花子は送ったあとで、自分なら——何を書くだろうと思った。

……蓮に、会ってみたい。

心に浮かびあがった想いを溜め息で吐きだす。

そんなことはやはり夢のまた夢だ。

だってこの部屋から出ることはできない。玄関に立つだけで、目の前にブラックホールがひろがる。一瞬で過去に吸い込まれてしまう。

「陰キャ、キモいよ」あの日の言葉が鮮明に蘇る。

花子は無心になっていつものようにゲームのミッションをこなしていく。三つのミッションをこなすと、マニマニがもらえる。

でも本当はもう、何もいらない。

一生懸命着飾ったアバターも、この4・7インチのディスプレイの外へ行くことはできない。

カコも、花子も、どこにも行くことができない――。

フワストを閉じようとした刹那《せつな》、溜め息が充満する部屋に、通知音が鳴り響いた。

レン〉花子に会いたいって、書く。

＊

七月、店内には梅雨が明けたばかりの、まだ湿っぽい空気が漂っている。

あれから井浦さんの代わりに新しく深夜バイトに入った久保《くぼ》という青年は、二十一歳の大学生だ。アマチュアバンドでボーカルを担当しているらしく、オリジナルソングなのか、いつも俺の知らないメロディを口遊《くちずさ》んでいる。

「久保くんは、卒業したら、どうするの」

客も途絶える時間帯。ふたりで新商品のカップラーメンの棚づくりをしながら、なんとなく訊いた。

「僕は音楽を続けられたら、それでいいっす」

誰かと話をするたびに思い知らされる。同じコンビニで働いていても、夢や好きなもののために生きている蒼森さんや久保くんと比べて、俺は無意味に息をしているだけなのだと。

何者にもなれないまま。何になりたいのかも、わからないまま。

寝ていても、起きていても、時間は容赦なく進んでいく。年齢を重ねるにつれ、信じられないほど時間が経つのがはやくなる。

以前の俺は、はやく人生が終わればいいのにと思っていた。

けれど今、不思議なくらいそう思わなくなったのは、カコに出会ったからなのだろう。

近頃は何をしていても、花子のことばかり考えている。メッセージは前よりもっと待ち遠しくなった。

まだ花物語のことは伝えられていない。やはりそれだけは直接告げなければならないような気がするのだ。なんていうのは建前で、ほんとうはただ、花子がどのような反応をするのかこの目で見たいだけなのかもしれない。

「先に休憩もらいまーす」

鼻歌を口遊みながら、久保くんがバックヤードに入っていく。その切ないメロディは、耳に残るいい曲だった。

世界でただ一人生き残ってしまったような店内で、俺はこっそりスマホを取り出しフワストをひらく。

ログインボーナスは、笹の葉キットと短冊。メッセージ画面に移行すると、花子からのメッセージが届いていた。

カコ〉明日は、七夕だね。蓮は短冊になんて書く？

胸が鳴ったのは、書きたいことが瞬時に思い浮かんでしまったからだ。

この三カ月で、京都に行くまでの交通費を貯めた。

カコとはじめて出会ったあの日、久しぶりに生きている心地がした。生まれてはじめて誰かを好きだと感じた。でも緊張していたのと、京都の街の空気は、東京とはぜんぜん違って、現実感はなかった。

だからもう一度京都へ行き、花子に会って、この気持ちがほんとうなのか確かめたかった。

しかし花子は、絶対に自分から俺と会ったときの話をしてこない。むしろ会ったときの話を避けているように感じる。だから俺だけがまた会いたいと感じている可能性のほうが高いのだろうし、誘っても断られるかもしれない。

だが真夜中には、言葉や感情を偽《いつわ》らせない力があるらしい。俺は迷いなく願いを綴っていた。


レン〉花子に会いたいって、書く。

＊

カコ〉私もそう、書こうと思ってた。


花子からは三十分もしないうちに返事が来た。花子がそういうふうに感じていたなんて、意外だった。

夜勤明けで新幹線に乗り込み、三カ月ぶりに京都駅に向かう。

以前と同じ待ち合わせ場所へ十二時。

エスカレーターを乗り継ぎ、鐘の下へ辿《たど》り着くと、花子が立っていた。まだ俺には気が付いていない。不安そうに手鏡を覗き込んでいる。花子の存在を目に入れるだけで、どうしようもなく胸が震えだす。

やはりこの気持ちは本物なのだ。

「おはよ」

そっと近づいて声を掛けると、花子はいそいで手鏡をバッグの中へしまい、俺に駆け寄った。袖部分が透けている水色の涼しげな長袖のカットソーに、上品なミモレ丈《だけ》の黒のチュールスカート。その装いは、やはり引きこもっているなんて信じられないくらい、今時の女の子だ。

「おはよ」

花子はにこりと微笑み小さく手をふった。日光を浴びていないからなのか、透き通るように白い肌をしている。この手がいつも言葉を紡いでくれているのだと想像すると、くすぐったいような気持ちになる。

「また誘ってくれて、ありがとう」

「こちらこそ、来てくれてありがとう。突然だったけど、大丈夫だった？」

「うん。そのほうが、ありがたい」

「え？」

「だって前から約束していたら、緊張しちゃうから」

「確かに」

俺は頷いた。今日も新幹線の中で数時間しか眠っていないため、まだ夢の続きを見ているようなまどろみのなかで、緊張がやわらいでいる部分があった。

それに何日も前から約束するのは、なんだか気が引ける。会いたいと思った日に、衝動的に会うことが、俺と花子にはふさわしいような気がした。

「今日は、七夕にちなんだ場所へ行きます」

俺は言った。といっても新幹線のなかで検索しただけなのだが、この前よりは、デート（これをデートと呼んでいいのか知らないが）らしいコースのはずだった。

「わあ、うれしい。どこに行くの？」

「着くまで、内緒」

「それは、たのしみだな」

花子はちょっとびっくりしたあと、桜色のリップグロスが塗られた唇をつやつやと光らせながら、やわらかく微笑んだ。

京都駅から電車を乗り継いで、目的地へと向かう。内緒と言ったけれど、駅に着いたらどこへ行くのかはすぐにばれてしまうのだろう。

「今日は、雨が降らないといいね」

少し曇りがかった空を見上げ、花子がつぶやく。

七月七日。今日は、織姫と彦星が一年に一度出会う日だとされている。雨が降れば会えなくなるという言い伝えがあることから、花子はそう言ったのだろう。

「そうだね」

確かに七夕に雨が降ると、なんだか残念な気持ちになる。

だが実際は、織姫と彦星なんていない。でも大勢の人がその存在を信じているのならば、それは存在しているに等しい。

俺は確かに存在しているけれど、俺のことを知っている人間は百人にも満たない数で、多くの人にとってはこの世界にいないのと変わらない。

七夕の日にしか思い出されることはなくても、織姫と彦星のほうがはるかに俺よりも存在していて、それは現実よりネットのほうがリアルになっていく様子にも似ていると思った。

一時間ほどで目的の駅——貴船口《きふねぐち》駅に到着し、しばらく歩くとネットで調べた景色が視界に広がった。青々と茂る緑のなか、石畳の階段が続き、階段の両脇には赤い灯《とう》籠《ろう》が連なっている。

これが貴船神社の入り口だ。

【京都　デート　夏】

その三つのキーワードで検索すると、貴船神社が見つかった。夏はまだはじまったばかりでそれほど暑くはないが、ここは京都の北の方角に位置していて、真夏でもいくらか涼しいのだという。

「着いたよ。貴船神社って、花子は知ってたよね？」

「うん。でも来たことはないよ。実際に見ると、なんだか神秘的だね……」

「縁結びでも有名らしい」

俺は言った。別に深い意味はなく、ただの情報として伝えたのだ。だいいち神様など信じていない。神様がいるなら母は死ななかっただろうし、誰も線路に飛び降りたりしないだろう。

「じゃあ、ふたりのことを、祈らないと」

花子がぽつりと呟いた。その声があまりにも真剣で、俺はどきりとした。だって、ふたりのことを祈るなんて。告白ともとれる発言だ。動揺しないほうがむずかしい。

傍らで花子は、鞄からスマホを取り出すとカシャリと風景を撮影した。

「もしかしてインスタとかやってるの」

その行為が意外で、つい訊いた。

「ううん、してないよ。蓮はしてるの？」

「まあ、してる……けど最近は全然投稿してないよ」

あれからも、インスタには写真を投稿してない。ネットのなかですら、俺の時間は止まっているのだ。それに——誰も彼もが、自分のすべてを拡散している様子は、なんだか醜いような気がしていた。

けれどこうして、美しい景色を目の前にすると、その景色を見たことを誰かに報告したくなる気持ちは少しわかった。

「そうなんだ。私もいつか外に出られたら、してみたいな」

「今、外に出てると思うけど」

花子の天然な発言に、俺はちょっと笑った。

「あ、確かに。でもなんだか、蓮と会っているときは、夢のなかみたいなんだ」

花子はちょっと恥ずかしそうにしたあとで、そう言った。

「それは、わかる。現実じゃないみたいな気がする」

「だよね。だから、撮っておこうと思って、写真。そしたら、帰ってからもちゃんと現実なんだってわかると思うから」

同じことを思っていたのだ。俺も今日、花子に会いに来たのは、花子という存在が現実なのかを確かめるためだ。

「じゃあ俺も、撮っておこう」

「うん」

というわけで、花子も写ってほしい。そう言いたかったけど、恥ずかしくて言えないまま俺は花子と同じアングルで風景の写真を残した。

石畳の階段を一段ずつ登っていく。

水の神様が祀《まつ》られているという貴船神社の境内には、大きな笹の葉が幾つか置かれていた。笹の葉には、短冊が何百枚もぶら下がっていて、きらめく飾りとともに風に揺れていた。ネットから得た情報によると今日は水まつりというものが開催されているらしく、夜になるとライトアップも行われるという。

俺達はまず、入ってすぐの場所にある手水舎《てみずや》で身を清めるために手を濡らした。

「短冊、きれいだね。きらきらしてる」

花子は服装に似合わない、小学生が使うような子供っぽいキャラクターもののハンカチで手を拭きながら、そう笑いかける。

「俺たちも、書く？」

「うん、書きたい！」

短冊に願いを書くスペースで、それぞれ百円を納めたあと、花子はピンクの短冊、俺は水色の短冊を手にとった。

『来年は、蓮と桜を見られますように』

花子がていねいな字でそう書いたのを見て「来年は？」と俺は訊いた。

「あ、ほんとだ！　来年も、って書きたかったのに」

「書き直す？」

俺がそう問うと、花子は首を振った。

「ううん、紙が勿体《もったい》ないからいい。それに間違ってはない、から」

「そっか」

まあ確かに、間違ってはいない。そして、うれしい。

「あ、蓮は何を書く？」

「えっと……そうだな、何を、書こうかな」

短冊なんて別に、真剣に書く必要はない。でも適当に書くのも違う気がした。しかし俺は、何を願えばいいのだろう。

昨日、花子に会いたいと願ったのは、この気持ちを確かめたかったから。けれども、そんなことを思う時点でわかっていた。はじめから。花子に、会いたいと感じた日から。メッセージを交わすたびに、自分でも気が付かないうちに、俺は花子を好きになっていたのだ。

だけど真夜中のなかで生きている俺に、誰かを好きになる資格なんてあるのだろうか。

何者でもない、俺に。

『真夜中から抜け出す』

迷った末、そう書いた。

「すてきだね。私も同じこと、いつも願ってる」

短冊を覗き見て、花子は言った。

4・7インチの世界で、俺はいつも花子のこういうところに救われていたのだと思う。俺と同じ気持ちだと――そう感じてくれることに。

「隣に飾ろう」

「そうだね」

笹の葉に、願いを込めた短冊を隣同士に括《くく》りつけると、ひらひらと風に揺れた。

肝心のお参りをするため（本来なら先にするべきだったのだろうが）、境内の奥へと歩いて行くと、社務所《しゃむしょ》の横には長細い小さな池があった。

「ねえ、あれ、なんだろう……」

呟いた花子の視線の先では、憂鬱そうな表情をした女の子が、一枚の紙を池に浮かべている。俺たちはそっと近づいた。すると何も書かれていなかった紙に、文字が浮き出てきた。

「凶」という文字。

女の子は溜め息を吐くと、紙を放置したまま帰っていった。

よほど結果が気に入らなかったのだろうか。

「おみくじかな、たのしそう」

池の上に、女の子が残していった紙を見て、花子が呟く。

「水占《みずうら》みくじって言って、有名みたいだよ。やってみよっか」

少し得意げに言ったのは、女の子はこういうのが好きだろうと思ったし、花子も興味を持っているように見えたからだ。それに実は今日、このおみくじが面白そうだと思ったから、ここへ来たのだった。

「うん。蓮、先にやってみせて」

けれど予想に反して、花子は遠慮気味に言った。

「わかった」

ちょっと、外したかな。不安を覚えながら、俺は社務所でまだ何も書かれていない一枚の水占みくじを受け取った。おみくじには、黒い枠と、願望や方向といった項目だけが書かれている。

「それを、隣の水占斎庭《みずうらゆにわ》のご神水に浸すと、文字が浮き出てくるからね」

社務所のおばちゃんは言った。

「はい、ありがとうございます」

ご神水か。少し、神聖な気持ちになりながら、俺は池を見つめている花子の隣へ戻った。

「浮かべてみるね」

「うん」

そっと池の上に水占みくじを放つ。紙が水に浸っていくと、じわじわと文字が現れてきた。

「すごい、大吉だ！」

花子が歓声をあげる。

小さい頃のことはあまり覚えていないけど、大吉を引いたのははじめてかもしれない。大人げなくうれしくなる。

「願い、叶うだって」

池のなかをじっと覗いて花子が言う。

すなわちさっき短冊に書いたことが叶うということだろうか。

「叶う、かな」

「叶うよ、絶対」

花子の声は、なぜだか確信めいていた。

「じゃあ次、花子の番」

俺は言った。

「私……は、買って持って帰る」

すると花子は目を伏せてそう答えた。

「え?」

「私ね、おみくじ、いつも悪いの。だから悪い結果が出てショック受けたら、せっかく蓮といるのに、たのしい気持ちが半減しちゃうから、ごめんね」

「……そっか。じゃあまた、結果教えてね」

俺は笑顔を作った。

「うん、教える」

くすぶる理由もわかるけど、そこまでして断るものなのだろうか。それとも花子は、オブラートに包んでいるだけで、おみくじが嫌いなのか。でも、だったらどうして、さっき女の子が残したおみくじを見て、たのしそうなんて言ったんだろう。

「あ、ねえ、ラムネがあるよ！」

まるで話を逸らすように花子が指差す。池の前には、ラムネが並べて売られている。赤いキャップのラムネ。御神水《ごしんすい》ラムネと書かれていた。

「喉も渇いたし、飲もっか」

気分を切り替えて、俺は言った。わざわざ嫌いなものを押し付ける必要もない。

「じゃあ私、おみくじと一緒に、買ってくるね！」

花子は本当に持って帰る気らしく、水占みくじを一枚と、ラムネを二本買ってきてくれた。

「はい！」

「いいの？」

「うん。いつも京都まで来てくれて、うれしいから。でもこんなの、全然お礼にならないんだけど」

「そんなことない、こちらこそ、いつも会ってくれてありがとう」

俺が笑顔を向けると花子は少し照れくさそうな顔をして、水占みくじをていねいに畳んで鞄のなかにしまってから、ラムネを口に含んだ。

「わ、おいしい！　蓮も飲んでみて」

ラムネはとても冷えていた。口の中で炭酸が弾けて、こそばゆい。

「うん、おいしい」

俺は言った。たぶんごく普通のラムネの味だったけど、花子がおいしいというのなら、特別な味のように思えた。

二分もしないうちに飲み干すと、瓶のなかで透明のビー玉がカラカラと音を鳴らした。それはどこか懐かしい音だった。

そのとき、ぽたりと、冷たいものが鼻の頭を濡らした。

「雨だ」

花子が悲しそうにつぶやく。織姫と彦星が会えないことを思ったのだろう。

「一年なんて、あっという間だよ。きっと、宇宙からしたら」

本心から俺は言った。

「蓮は一緒だね。私と、同じこと、考えてる」

「え？」

「私と蓮は、同じだから、出会ったのかもしれない」

花子は真っ直ぐに俺を見て言った。

その瞬間、唐突に雨が激しさを増した。

「やばい。どっか、入ろうか。来る途中、いい感じの喫茶店があったんだ」

今日の夜はバイトがないから、はやく帰らなくてもいい。

「私、もう帰らなきゃ……。あんまり外に長くいると、辛くなるから。せっかく交通費をかけて来てくれているのに、ごめんね」

花子が気まずそうに目を伏せて言う。

「いや、こっちこそごめん。じゃあ、もう今日は帰ろ」

俺はあわてて言った。花子があまりにも可憐で、明るく笑ってくれるから、嫌なことがあって引きこもっているということを忘れていた。

「京都駅まで送らせて」

「うん、ありがとう」

雨はどんどんと激しくなった。貴船の駅から京都駅へ向かう列車のなか、花子は浮かない顔をしていた。はやく帰りたいと言わんばかりに口数も少なくなった。

京都駅へ着いたときには、ふたりともびしょ濡れだった。

改札の前で、花子は「また誘ってね」と微笑んだ。

「うん、絶対」

俺は花子の気持ちがわからないままに頷いた。

東京へと帰る新幹線のなか、鞄から水占みくじを取りだす。

二十五歳にもなって人生初の大吉がうれしくて、括らずに持って帰ってきたのだ。けれど見れば、もう紙には何も書かれていなかった。特殊なインクが使われているのか、乾くと消えてしまうみたいだった。

――なんだか、今日のようだ。

花子と会っている時間は、やはり夢を見ているように過ぎていく。そのときは色鮮やかなのに、東京に着くと途端に褪《あ》せていく。

スマホのカメラロールをひらく。そこには数時間前に撮った貴船神社の風景写真がある。景色の隅には、図らずも花子の白い手が映り込んでいた。

花子と会っていたのは——確かに現実なのだ。

「あ」

はっとして、思い出した。

そういえばまた、花物語のことを話せなかった。

いつも忘れてしまうのは、隣に花子が存在しているというだけで、頭がいっぱいになってしまうからだろう。

俺は花子が好きだ。

でも何か違和感がある。

知り合ったのが現実世界ではないからだろうか。

それとも会ったのが二回目だからか。

答えが見つからないまま、俺は文字が消えてしまった水占みくじを、花物語に挟んだ。この頃いつも花物語を持ち歩いているのは、それが俺と花子のあいだにあるもののような気がするからかもしれない。

カコ〉蓮、会いに来てくれてありがとう。とてもたのしかった。気を付けて帰ってね。

レン〉俺もたのしかった。花子の言う通り、写真撮っておいてよかった。会ったことが現実だって思える。

レン〉そういえば水占みくじ、文字が消えてた。乾くと消えてしまうみたいだ。

レン〉花子も結果、教えてね。


返事を打ってから、後ろに人がいないことを確認して椅子を倒して凭《もた》れるた。ぼうっと四角い窓の外を見つめる。

空がだんだんと夜に浸されていく。濃くなっていく眠気のなかで、俺は俺のことを誰も知らない世界を、東京に着くまで眺め続けた。

＊

ざあああ。ざああああ。

止《や》まない雨が聴こえる。

私は夢を見ていた。

ここはどこかの神社だろうか。

隣には男の子がいる。背は私よりも十センチほど高い。

誰かはわからないし、顔もぼんやりとしか見えない。けれどきっと素敵な男の子だとわかった。

私たちの目の前には池がある。

苔の生えた岩に囲まれた見るからに神聖な池。

覗き込むとそこには、私に似た――けれども私ではない女の子が映った。

――誰？

戸惑っていると、男の子がそっと一枚の紙を池に浮かべた。

すると紙に文字が浮かびあがってくる。

こ　の　ま　ま　で　い　い　の　？

＊

波打つ心臓の音で花子は目が醒めた。

いつの間にか花子は、畳に敷いた赤い絨毯の上で倒れ込むように眠っていた。

蓮からのメッセージを読んだあとの記憶がない。また、気を失っていたのだろうか。

花子はこわごわと手元に転がっているスマホを手繰《たぐ》り寄せ、表示されている時刻を確認した。

7/8 01:08
それはまた、眠っている間に一日が過ぎたことを示していた。

花子はぞっとするのと同時に、再び蓮と会ったのだろうかという期待が胸に込み上げるのを感じた。

だって妙にリアルな夢を見ていた。

あの神社を知っているような気がした。そして紙に浮かんできた文字に何か意味があるような気がしてならない。

池に映り込んだのは、誰だったのだろう。

　自分に似ていたが、自分とは比べものにならないほどに、華やかな女の子だった。
　スマホには蓮からの新しいメッセージが届いていることが通知されている。返事をした覚えはないのに、蓮から一方的にメッセージが送られてきたとは考えづらい。深呼吸をしてから、花子はフワストを起動した。

カコ〉蓮、会いに来てくれてありがとう。とてもたのしかった。気を付けて帰ってね。
レン〉俺もたのしかった。花子の言う通り、写真撮っておいてよかった。
　会ったことが現実だって思える。
レン〉そういえば水占みくじ、文字が消えてた。乾くと消えてしまうみたいだ。
レン〉花子も結果、教えてね。

　メッセージ画面を見て、花子は息を呑んだ。
　やはりまた――蓮と会っていたのだ。
　それに身に覚えのないメッセージまで送っている。
　こうなるといよいよ夢遊病状態で、蓮に会いに行っているということが現実味を帯びてくる。

しかし、写真とはなんだろう。もしかすると蓮が写っているのだろうか。

花子は怖いもの見たさでカメラロールをひらく。

すると最新の一枚に、撮った覚えのない写真が表示されていた。

石畳の階段と、階段の両端にずらりと赤い灯籠が連なっている。

それは夢で見た場所だった。

【7/7 15:15 貴船】

写真情報を確認した瞬間、花子は、はっきりと思い出した。

——貴船神社。

行ったことはないはずなのに、脳内にありありと境内の景色が浮かぶ。あの池も。

やはり夢遊病——なのだろうか。

花子は溜め息を吐く。

無意識だとしても、こんなにダサい恰好でデートに出かけたのだとしたら、恥ずかしくて死にたい。

けれどメッセージの文面から察するに、蓮は花子を嫌っていない。むしろ、好いていた。

なぜ嫌われないのか、花子には理解ができなかった。というより何もかもが謎に包まれている。

無性に喉が渇いてくる。何かすっきりするものを飲もう。花子はふと、ラムネが飲みたいような気がした。でも冷蔵庫にそんなものはないだろう。

頭痛を覚えながら、一階のキッチンへ降りるため、身体を起こす。身体が重い。ずっと眠っていたはずなのにまだひどく眠い。よろめきながら、花子は部屋の電気をつけた。

明るくなると、丸テーブルに置かれた一枚の紙が、花子の視界に飛び込んだ。

紙には【水占《みずうら》○おみくじ】と書かれている。おみくじには【方向・病気・出産・恋愛・願望・転移・失せ物・商売・学問・旅行】などの項目はあるものの、まだ何も書かれていない。

花子ははっとする。

さっき蓮から送られてきたメッセージには、確か、水占みくじと書いてあった。「乾いて文字が消えていた」とも。

水占みくじというくらいだから、水に浮かべれば、文字が浮かんでくることは予想がつく。そして乾くと消えてしまうのだろう。

とするとこのおみくじは、もしかしたら、記念に持って帰ってきたものだろうか？
だが蓮のメッセージには「結果教えてね」と書かれていた。
ならばこの水占みくじを、私は池に浮かべずに持って帰ってきたのか。
——何のために？

このままでいいの？

夢に浮かんできた言葉を思いだし、花子は心臓がつかまれたように痛くなった。
ずっとこのまま、この部屋のなかで、朽ちていく人生を送りたくはない。
けれどもう、降りかかってくる何もかもに傷つきたくない。
何かに傷つくくらいなら、この部屋で眠っていたほうがいい。
あれから三年も経つのに——花子はまだ、そんな気持ちで生きている。

第六話　海月

インスタのタイムラインに、人工的な青い光に照らされたクラゲが浮かんでいる。

「あれー、雨下サン、インスタやってたんですか？」

投稿にいいねを押した瞬間、いつの間にか背後に立っていた蒼森さんが、俺のスマホを覗き込んで、大きな目をより一層見開く。

「いや、まあ。最近は見ているだけなんだけど」

この頃蒼森さんと話す機会が増えたのは、彼女が十八の誕生日を迎え、十二時まで働けるようになり、シフトが二時間程度かぶるようになったからだ。

「えー、折角やってるなら投稿しなきゃですよ！　見てください、あたし結構フォロワー多いんですよ」

蒼森さんはいちご牛乳をモチーフにしたケースを装着したスマホを、ギンガムチェックのスカートから取りだし、自分のアカウントを俺に見せつけた。

「フォロワー、一万人⁉」

一万人なんて、ちょっとした有名人レベルではないのか。もしかしたらたまに蒼森さんを見てはしゃいでいたお客さんは、蒼森さんのフォロワーだったのかもしれない。

「はい。なんか、自分で作った服とか、コーデとか載せてたら、どんどん増えて。でもこの画面の向こう側に、一万人もいるなんて信じられないですよね。でもあたし、学校では嫌われてて、友達ひとりもいないんですよ。なんか、ウケますよね」

蒼森さんは面白そうに話しながら、いつの間に盗み見たのだろう俺のアカウントを素早く検索するとフォローのボタンを押した。

「いや、待って。学校では友達いないって本当？　俺、蒼森さんは人気者なんだと勝手に思ってたんだけど」

「え？　全然ですよ。空気読めないし、目立ちたがりだって陰口はしょっちゅう聞くし、痛い子認定されてます」

「……それ平気なの？」

確かにこれまでを思い返しても空気が読めるほうではないとは感じるが、俺が勝手に思い描いていた蒼森さんの学園生活とはあまりにも真逆の情報だ。

「はい、別に！　あたしいまの学校で友達になりたいとか思うコ、ゼロなんですよね。みんなダサくて普通で。それに興味もない人から嫌われても、どうでもいいし。雨下サンは、違うんですか？」

「え？」

「雨下サンは、なんかあたしと同じにおいがするから。他人に興味ないのかなって思ってました」

蒼森さんは人工的な睫毛を羽ばたかせながら、にこにこと言い切る。

彼女のことだから、適当に言っているだけなのだろう。でも見透かされたのがはじめてで、動揺してしまう。俺は彼女の言う通り誰にも興味がなかった。ただ蒼森さんと違うのは、どうしようもなく誰からも嫌われたくないと感じていたことだ。

「あ、ヤバ、お客さんだ！　レジ行きますね。休憩終わるまでにあたしのことフォローしといてくださいね」

きっと蒼森さんは、俺にもそれほど興味はないのだろう。急いでレジへと駆けていく。

俺はカラフルな写真で埋め尽くされた蒼森さんのアカウントに飛び、フォローのボタンに触れた。

＊

十月の最終日、いつもの待ち合わせ場所に花子がいた。

黒のニットの上に、ベージュのトレンチコートを羽織りタータンチェックのスカートにショートブーツをあわせている秋らしい装いだ。個性的なファッションを愛する蒼森さんとは違い、似たような恰好をした女の子は、東京にもたくさんいるのに、どうしてか花子だけが景色から浮かび上がる。まるで世界に特殊なフィルターがかかっているようだ。

「また誘ってくれて、ありがとう」

花子が笑う。いつも花子からは、美容院からやって来たばかりのような、シャンプーのいいにおいがする。

「こちらこそ、来てくれて、ありがとう」

日付が変わったばかりの真夜中のこと、勇気をだして水族館に行かないかと誘ったら、花子は二つ返事でやって来てくれた。

普段メッセージでは、やはり俺と話したことも、会ったことさえもなかったことのように触れないのに、目の前の花子は、この日を待ちわびていたみたいにうれしそうだ。

「今日、寒いね」

「うん、この間まで暖かかったのに、いきなり冬って感じ」

「季節って、いきなり変わるよね。冬が一夜で春になっていたり」

「確かに近頃は、境目がないよね」

「でも、そのほうがいいのかも。突然はじまるほうが、素敵で、運命的だから」

エスカレーターをたのしそうに下りながら、花子が言う。

「花子は、運命を信じるの？」

花子の後ろ姿に問いかける。

「うん、信じてる」

花子はふり返ると、真っ直ぐに俺を見つめ、こう訊き返した。

「蓮は、運命を信じる？」

思わず黙り込んでしまう。

ずっと運命というのは残酷なものだと思っていた。でも花子の口から放たれた運命は、それが幸せなものだと信じて疑ってすらいない。

混乱していると、俺と花子のあいだを、冷たい風が吹き抜けた。

「わ、やっぱり今日寒いね。水族館、はやく行こう！」

花子はちょっとオーバーリアクション気味に言った。話題を変えてくれたのだろう。

「あっ、うん。ここから歩いて十五分くらいだけど、歩く？　バス乗る？」

俺は自分の暗さに呆れながら、訊ねた。

「蓮がよかったら、歩きたい」

「うん、俺も歩きたいって思ってた」

「よかった」

「じゃあ、行こっか」

　京都水族館へはウェブサイトのアクセスページに書かれていた通り、歩いて十五分ほどで辿り着いた。

「わー、オオサンショウウオ、いっぱいいる！」

「端のほうに固まっているね」

「うん、寒いのかな？　めっちゃ密集していて可愛いね」

オオサンショウウオは、京都水族館のマスコットキャラクターにもなっている。特別天然記念物ということもあって、なんだか神々しい。こんなにもたくさんのオオサンショウウオが見られるのは、他の水族館ではないだろう。

「そういえばさ、さっきめっちゃゃって言ったけど、花子は普段、あんまりというか全然京都弁じゃないよね」

「うん、親が東京の人だから。めっちゃ、くらいは言うけどね」

「そっか、ご両親東京の人なんだ。いまは家族で京都に住んでいるの？」

「うん。今はお母さんと一緒に住んでるの。お父さんは会ったことないな。昔は家に、おばあちゃんもいたみたいだけど、私はあまりよく知らない」

花子はなんだか他人事のように答えた。

「そっか」

何も問題のない家庭などないとは思うが、花子の家庭環境も複雑なのだろう。

「蓮の家族は?」

「大学卒業するまでは親父とふたりで住んでいたけど、今はひとり暮らし」

「ひとり暮らし、さみしくないの?」

「全然。それに俺あんまり、親父に好かれてなかったから」

「なんでかな……。蓮、すごく、いい子なのに」

小説をたくさん読んでいるからだろうか、花子はさらりとそんなことを言う。

「そんなことないよ。ほら、次行こう」

誰にもいい子なんて言われたことはない。これ以上、何か言われると心がどうにかなりそうで、俺はそう促した。

順路に沿って歩いていくと、京都水族館のメインポスターにもなっている、イワシの大群が泳ぐいちばん大きな水槽の前に辿り着いた。

圧倒されながら、俺と花子はしばらく無言になって、無数の生き物たちが小さな世界で生きている様子を眺めた。

「蓮はどんな女の子が好き？」

キラキラと光に反射するイワシの鱗《うろこ》を見つめながら、唐突に花子が訊いた。

今日の花子は、いつもと違う。そう感じるのは、普段メッセージでは花子が言わないような言葉を放つからだろうか。

だが現実世界だからこそ、言える言葉もあるのだろう。俺だってそうだ。メッセージはよくも悪くも残ってしまうし、文字では細かいニュアンスまで伝えられない。告白めいたことなんて、送れるはずもない。

「さあ、どうだろう。言葉遣いのきれいな子、かな」

あからさまに花子のことだった。

「うん、わかる」

自分のことだとわかっていないのだろうか。花子は小さく頷くと、切なげに微笑んだ。

続いてクラゲのコーナーにやってきた。人気のようで、人だかりができている。

「わあ」

球体の水槽のなかを、クラゲがふわふわと浮かんでいる。クラゲの身体は九十九パーセントが水でできているという。だとしたら残りの一パーセントのなかにクラゲのすべてが詰まっているのだろうか。

でも考えてみれば人間の身体も七〇パーセントは水でできているというから、クラゲも俺も大して変わりはないのかもしれない。

「きれいだね。水が生きているみたい」

花子が言う。

「うん。本当に」

俺はスマホで、クラゲの写真を撮った。

蒼森さんに触発されたのもあるが、今日はインスタに投稿するつもりだった。

別にいいねがほしいわけじゃない。ただ何かが少しずつでも変わればいいと思った。

「あ、蓮のスマホの機種、私と一緒だ」

するとと花子が自分のスマホを見せてきた。偶然にも色違いだった。いままで気が付かなかった。

「四年前から使っているから、バッテリーすぐ切れちゃうけど」

「俺も。でも不思議と困ることってあんまりない。別に誰と連絡取るわけでもないし」

「そうだね。私はずっと家にいるから、いつでも充電できるし。連絡なんて、蓮からしかこないよ」

どうして引きこもっているのか。いまが訊くべきタイミングなのかもしれない。

「……あのさ」

「何？」

けれど、それよりも気になってしまった。

俺からしか連絡なんてこないよ、という言葉が。

「どうしてあのとき、俺にメッセージくれたの」

「うれしかったから。友達になってくださいなんて、言われたこと、なかったから」

「ちなみにだけど……花子のフレンドは俺だけ、なの？」

「うん、そうだよ。蓮がフレンドになってくれて花子の世界は輝いたの」

花子はまた恥ずかしげもなくさらりと言った。俺のほうが恥ずかしくなってしまう。

けれど花子は、自分のことを名前で呼ぶタイプだっただろうか。

「蓮は、どうして私と会いたいって思ってくれたの？」

――どうしてだったろう。ああ、そうだ、あのとき花物語を通して、カコがこの世界に存在することがリアルになった。そして伝えようと思った。花物語のことを――。

そう、伝えようと思ったのだ。

花物語を書いた人と出会ったのだと。

でも今、言ってもいいのだろうか。

「ごめん、私ちょっとお手洗い行ってきてもいい？」

「うん、ここで待ってるよ」

黙り込んでしまったせいで、また気を遣わせてしまった。無難に、会いたかったから。とでも言えばよかった。それも、嘘じゃない。

息を吐き、壁に凭れてインスタをひらいた。

俺のフォロワーは、五十五人。よくわからない人が三人、あとは高校時代、大学時代の友達、そしてつい先週、素早くフォローしてくれた蒼森さんだ。

さっきのクラゲの写真を、それっぽく加工して投稿する。

水が生きているみたいでした。#京都水族館　#クラゲ自分の投稿と、水槽を見比べる。眩しい光のなかで、人の目に晒されて、たった一年半の命を、こんな狭いところで過ごして幸せなんだろうか。それとも人間のようには、幸せとか不幸せとか、そういう概念はないのだろうか。

クラゲは命が尽きるとき、溶けてしまうという。

SNSに投稿されるだけの生涯と、SNSに何も投稿することもない人生は、どちらが虚しいんだろう。

＊

結局また、花物語のことは伝えられなかった。

花子とは夕方頃に京都駅で解散した。

ほんとうはもっと、一緒にいたいと思う。

でも長時間外にいるのは辛いのだろう、夜に近づくにつれ、花子は不安そうな面持《おもも》ちになった。

カコ〉また会えて、うれしかった。

カコ〉海月、きれいだったね。写真撮ればよかった。

東京へ帰る新幹線のなか、花子からのメッセージが届く。

――海月。読み方がわからなくて検索すると、クラゲとでてきた。海に月と書いてクラゲ。なんてきれいな表現なんだろう。クラゲを見ているとき、花子の頭の中ではこの漢字が浮かんでいたのだろうか。

@hachico 蓮くん、げんきー？

@nanamin きれー！

Instagramをひらくと、投稿にはいいねが七件、コメントが三件ついていた。

あの日、蒼森さんに問われてからずっと考えていた。

なぜあの頃、興味のないクラスメイトに嫌われたくなかったのか。今もなお、友達の投稿に、いいねを押し続けているのか。

――俺はきっと、こわかったのだと思う。

誰にも知られずに、無色透明なまま、溶けてしまうことが。

そして、どうしようもなく嫌われるのがこわかったのは、誰からも好かれていたかったのは、いつも寂しかったから。

＊

品川に着いたのは、二十時を過ぎた頃だった。

一旦、家に帰ってもバイトには間に合うだろう。だが、死ぬほど眠い。家に帰るのは危険だ。駅ナカのスタバで休憩することに決めると、カフェモカを頼んだ。しかし、席が空いておらず、絶望しているときだった。

「井浦さん？」

「あ、雨下くん」

井浦さんはさらなるボサボサヘアーになっていた。テーブルには年季の入ったマックブックがひらかれている。

「久しぶりですね。ていうか、ここいいですか？　席なくて」

「うん、もちろん」

「執筆中ですか？」

「そうなんだけど、情けないことに、あれからまだ何も書けていなくてね。いまも何を書けばいいか、迷っているんだ。恋愛小説ということだけは決まっているんだが、何を書いても違う気がして。締切りが迫っているというのにね」

無口な井浦さんが聞いてもいないのに愚痴をこぼすくらいなのだから、悩み続けているのが伝わってくる。

「そうなんですか。俺、小説とかあんまり読まないんですけど、花物語すごくよかったですよ」

少しでも励ましになればと思い、俺は言った。だがお世辞ではない。主人公「花」の恋がハッピーエンドに終わったことに、とても感動したことを覚えている。

「ありがとう。でもあの物語は、たった一人のために描いた作品なんだ」

「たった一人?」

「うん、娘にね」

「え。井浦さん、結婚していたんですか?」

内心かなり驚いた。失礼かもしれないが、世帯を持っているようには見えなかった。

「いや、してないよ。というより、できなかったんだ。僕が小説家として成功する夢を諦められなかったから、相手の両親に反対されてね。でも夢なんて、儚いものだよ。

僕は小説なんて嫌いになりたい。そしたら、大切な人とずっと一緒にいられたのに」

それは懺悔《ざんげ》なのだろうか、井浦さんはやや早口に語った。

「娘さんとは、会ったりしているんですか？」

「もう二十年以上会ってないよ。でも年に一度、僕の誕生日になると彼女は手紙をくれてね、娘のことを知らせてくれるんだ。娘は本が好きらしくて、花物語を書いたとき、ちょうど娘が十七歳で、僕の本を見つけて読んでくれたらいいなと思ったんだ」

いまでもその人のことが好きなのだろうか。

「そうだったんですね」

気になったけど、訊くべきではないだろう。

「それで雨下くんは、どこかに行っていたの」

「あ、はい。京都に」

「観光？」

「えっと……好きな女の子に、会いに」

素直に答えられたのは、井浦さんが自分のことを話してくれたからなのだろう。

「それは、素敵だね。どんな女の子か訊いてもいいかな？」

「前に話した、花物語を教えてくれた子です。ちょっと恥ずかしいけどネットで出会って……その子、普段は引きこもっているみたいなんですけど、俺に会うときだけ、がんばって外出してくれるんです。俺……いま二十五歳なんですけど、生まれてはじめて、人を好きになったんです。おかしいですよね」

その感情をはじめて言葉にしたからなのだろう、胸がきゅっとしめつけられる。

すべての目に見えないものは、言葉にしたとき、現実になっていくのかもしれない。半年前もそうだった。井浦さんに花物語のことを話したとき、花子がこの世界に存在することを感じたのだ。

「おかしくないよ。誰かを心から好きになるのって、運命だから。僕も好きになったのは、彼女だけだよ」

「運命、ですか」

ずっとわからなかったその言葉が、どういう意味を持つのか、もう知っているような気がするのはなぜだろう。

「そう、運命は自分では決められないんだ」

どくんと心臓が跳ねる。

「それで、よかったら聞かせてくれないかな……君の物語を。書きたいことが見つかるような気がして」

　俺は、井浦さんを見つけた瞬間から、その言葉を待っていたのかもしれない。何億分の一の確率の花子との出会いを、誰かに話したくてたまらなかったのかもしれない。

「いいですけど、話す代わりに、サイン下さい」

　だがすんなり話すのも照れくさくて、俺は鞄から花物語を取り出した。

「いくらでも」

　本を見て、井浦さんはちょっと笑った。著者とはいえ、少女趣味な小説を、二十五の男がまるで恋する乙女のように持ち歩いていることが可笑《おか》しかったのだろう。

「お願いします」

　俺は若干恥ずかしくなりながら本を渡した。

「名前は入れなくていい？」

「あ……じゃあ、花子へって入れてもらえますか？」

「え？」

　聞き取れなかっただろうか。

「花子です。花物語の花に、子供の子です」

「……苗字は？」

「苗字はそういえば、知らないです。とりあえず花子だけで、大丈夫です」

「うん、わかった。花子か……、とてもいい名前だね」

井浦さんは、見返しの部分にていねいにペンを走らせる。

「これでいいかな？」

「はい、喜ぶと思います」

サインが入ると途端に特別な一冊になった。いつか花子に渡すときも、きっと特別な瞬間になるだろう。

「じゃあさっそく、ふたりの出会いから話してもらってもいいだろうか？」

——蓮は、運命を信じる？

そう訊いた花子の声が、いつまでも耳に残っている。

俺は、バイトに遅れるのも構わず、花子を好きになったことを夢中になって話し続けた。

*

レン〉よかったら明日、水族館に行かない？


昨日、そうメッセージを受信してからの記憶がない。

けれど私はおそらく、蓮と水族館へ行ったのだろう。

なぜなら花子のスマホの待ち受け画面は、撮った覚えのない青色の光に照らされた海月《くらげ》の写真になっていて、正体不明のカエルっぽいストラップまでついている。しかも光っていた。


カコ〉また会えて、うれしかった。

カコ〉海月、きれいだったね。写真撮ればよかった。

レン〉海月って漢字で書くと、きれいだね。

レン〉写真あげるよ。添付できているかな？

カコ〉わ、ありがとう！　待ち受け画像にしよう。

そして送信した覚えも受信した覚えもないメッセージが並んでいる。

やり取りから察するに、この海月は蓮が撮影したもののようだった。添付ファイルで蓮から送られてきているのだから、間違いない。うれしいような、気味が悪いような、理解しようとするほど混乱してくる。

「蓮……」

そのとき、花子がそっと呟いた。

その瞬間、花子は確信する。

無意識下で――蓮と会っているのだ。

花子は今、そう考えるほうが自然に思えた。

「はぁ……」

なのに溜め息が漏れたのは、その事実が虚しすぎるからだ。

だって花子は、蓮と会っていないのだから。

寝転がりながら、スマホにつながれた正体不明のキャラクターを揺らす。

——いったい、何の生き物なんだろう。
花子はやはり、わからなかった。

第七話　告白

「ねえ花子ちゃん、一緒に帰ろう」

「うん、帰ろう」

十歳だったあの頃、仲良しのゆかりちゃんと手を繋いで帰るのが、毎日のたのしみだった。ゆかりちゃんは顔が小さくて、目が大きくて、細くて、学年でもいちばん可愛い。いつも雑誌に載っている流行の洋服を着ていた。そんな彼女と誰もが友達になりたがった。

でもゆかりちゃんは、なぜだろう——私をいちばんの友達にしてくれた。

私は目立たない生徒で、ついでに喋り下手で、クラスメイトは私の隣の席になってもちっとも喜ばなかった。なのにゆかりちゃんは、好んで私の隣の席になりたいと、席替えのときは誰かと引いたクジを交換することさえあった。遠足のとき、お弁当の時間は、いつも一緒に食べようと私を誘ってくれた。

私は心の底から、ゆかりちゃんのことが大好きだったし、憧れていた。

だからあの日私は——天国から地獄へ突き落とされたような気持ちになったのだ。

「ゆかりちゃん、おはよう」

赤いワンピースを着た私は、ゆかりちゃんの背中を見つけて駆け寄ると、肩を叩いた。

うわあ、可愛い洋服やねと、褒められたかった。

けれど私の手は、すごい勢いではねのけられた。

「キャー！　近づかんといて！」

ゆかりちゃんは私の顔を見て、幽霊を見たように青ざめながら叫ぶと、逃げるように教室から飛び出した。

クラスメイトたちは可笑しそうに、クスクス笑っている。いまのは、何？　何が起こったのかわからなかった。私は混乱のなか、ゆかりちゃんを追いかけた。

「ゆかりちゃんどうしたの？」

やっと追い付いて、私はゆかりちゃんの腕を掴んだ。

しかしゆかりちゃんは再び私の手を振り払うと、「やめて！　呪われるからどっか行って！」そう叫んだ。

呪われるとは、どういうことだろう……？

一瞬、私は死んでしまったのだろうかと思った。それともゆかりちゃんは、突然何かに取り憑かれてしまったのだろうか。

「花子ちゃん、ずっと友達でいようね」

いつもとびきりの笑顔でそう言ってくれていたのに。あんなにも仲良しだったのに。

そのあと一時間目開始のチャイムが鳴り、私はとぼとぼと力なく歩きながら教室に戻った。幸いにもまだ先生は来ていなかった。

だが教室に入った瞬間、全員が私を見て「キャー」と一斉に叫んだ。「トイレの花子さん、呪わないでください！」と。

心臓が弾けそうだった。身体が動かない。教室の入り口でかたまっていると、教室は次第に笑い声で満たされていった。

「こら、何を騒いでいる。はやく席につけ」

遅れてやってきた先生は、無数の笑い声が、私に向けられていることに気付いてはいなかった。

クラスメイトたちは、授業中になっても、クスクス笑いながら、私のほうをちらちらと観察した。

赤いノースリーブのワンピースと、地味な顔、いくら日焼けをしても赤くなるばかりの白い肌、そして花子という名前が、学校の七不思議であるトイレの花子さんと見事に一致していたのだ。

こんな服——着てこなければよかった。

後悔しながら、これが悪い夢なら、はやく醒めますようにと願った。

けれど醒めることはなかった。ゆかりちゃんは、春休み前とは別人になったみたいだった。

下校時間になっても、いつものように誘ってくれることはなかった。

それから一カ月ものあいだ、私が存在するだけで悲鳴をあげる遊びは続いた。

私は花子さんじゃない。そう言っても悲鳴は止まなかった。

それは小学生の私にとって、どれほど長い期間に感じただろう。まるで永遠に続くのではないかと思えた。

そしてそれはトイレの花子さん事件も、とうに忘れ去られた冬の日のことだった。

朝から真っ白な雪が降っていた。

「花子ちゃん、一緒に帰ろう?」

校門を出ようとしたとき、何カ月かぶりに誰かが私の名前を呼んだ。

振り返ると——ゆかりちゃんが、立っていた。

突然のことに声が出なかった。

「どうしたの?」

ゆかりちゃんは首を傾《かし》げて笑う。前みたいに。何事もなかったかのように。

その問いかけをしたかったのは私のほうだった。

訊きたいことがたくさんあった。

どうして皆と一緒になって、私を笑ったの。あんなに仲良しだったのに。

でも一向に声がでなかった。

朝、手袋をつけてくるのを忘れた所為で、立っているだけで、どんどんと手が冷たく氷みたいになっていった。

しばらくのあいだ、向かい合ったまま、見つめあっていると、

「もういいよ」

ゆかりちゃんは呆れた顔になって冷たく言い放った。

心臓が張り裂けそうに痛くなる。

……待って。

そう言いたいのに、声が出ない。

私は去っていくゆかりちゃんの背中に手を伸ばした。でももう、届かなかった。

それからゆかりちゃんが私に話しかけてくることは二度となかった。

でも私は、ある意味で、ほっとしていたのかもしれない。

だって誰ともかかわらなければ、傷つくことはない。

でもそれで、よかったのだろうか。本当に、そう感じていたのだろうか？

私はきっと、許すことができなかった。そして、こわかった。また裏切られるのがいやだった。

「うん、帰ろう」

本当は、うれしくてたまらなくて、そう言いたかったのに。

＊

目が醒めると、頬が濡れていた。もう何度、この夢を見ただろう。

いやなことがあると、決まってこの夢を見る。

今日この夢を見たのは蓮からの連絡が来なくなった所為だ。

十月の最終日、水族館に行ったと思われる日から二カ月。新年を迎え、あけましておめでとうのメッセージを最後に、もう二週間も音沙汰がない。

これまでは毎日連絡していたのだから、動揺せずにはいられなかった。もしかして何かあったのかもしれない。

カコ〉蓮、大丈夫?

この二週間、何度も蓮にそんなメッセージを送りたい衝動にかられた。

でも結局、送れなかった。嫌われたのかもしれないと思うと、こわかった。

憂鬱な気持ちのまま、花子は歯を磨くために一階の洗面所へと階段を降りた。

家が古いせいで、冬の洗面所は冷凍庫みたいに冷たい。

水滴がこびりついた鏡のなかには、幽霊のような自分が映っている、眼も前髪で覆われている。自分でも呪われてしまいそうだと感じる。

本を読むとき、この前髪がいつも鬱陶しくてたまらなかった。でも前髪を伸ばしていれば、誰の目も見なくて済んだ。私を蔑《さげす》む目を見なくて済んだ。

でもそうやって、人を避け続けていたのは――私だったのかもしれない。

「花子ちゃん、一緒に帰ろう?」

あのとき声を振り絞って「うん、帰ろう」と、たったその一言を言えばよかった。

ずっと後悔していた。

だから何かを失いそうになったとき、この夢を見るのだ。

私は蓮を、失いたくない。

もしも本当に、蓮と会っているのだとしたら、嫌われないために私は何ができるだろう。

ふと七夕の日に夢で見た華やかな女の子の姿が浮かぶ。

あの女の子は自分に似ていた気がした。

もし私が、無意識ではなく蓮に会いに行くのだとしたら、あの女の子のようになって待ち合わせ場所に立っていたい。

私は洗面所の引き出しからハサミを取り出した。

深呼吸をして、ハサミを握りしめる。

そしてゆっくりと慎重に、顔を覆っていた前髪を眉の下で切った。

私の知らない私が、汚れた鏡に映っていた。

自分の眼をひさしぶりに見た。相変わらず地味な眼だと思う。けれど思ったよりも、きれいな色をしていた。

そして私の眼からは、どうしてだろう、ぽろぽろと涙が溢れ出す。

「わああああ」

気が付けば、鏡の前に座り込み、声を上げて泣いていた。

宇宙の果てのような部屋のなかで、毎日同じことの繰り返し。ほんとうはずっと泣きたかったのかもしれない。でも涙も出なかった。悲しくて、孤独で、真夜中と同化しながら息をするので精一杯だった。

スマホに届く蓮のメッセージだけが、私の生命線だった。

「花子、どうしたの⁉」

私の泣き声を聞いて心配したのだろう母がもう深夜二時だというのに、血相を変えて飛び起きてきた。

「あら、前髪を切ったの？　可愛いじゃない」

泣きじゃくりながら振り向くと、母はきょとんとした顔になって言った。

「……おかあ……さん……わたし、私……」

私はスウェットの袖で涙を拭《ぬぐ》うと、どもりながらもどうにか声を振り絞った。

「どうしたの……花子」

母は心底驚いていた。無理もない。高校の卒業式以来、私は一言も喋らなくなっていた。母が私の声を聞いたのは、約四年ぶりのことだった。

私は息を吐き、そして言った。

「……私……変わり、たい……変わりたいの……」

その瞬間、母は私を抱きしめた。

あたたかい。私はそのあたたかさに浸るように目を瞑った。

「花子、大丈夫。花子が変わりたいと思ったことがもう、変わりはじめているという証拠なんだから」

「……そう、なの？」

母がくれる言葉は、いつも前向きで、私はその言葉に救われ、同時に甘えすぎているのだろう。痛いほどわかっている。母を安心させるためにも、私は変わらなければいけない。

「そうよ。ちょっと待っていてね」

そう言って母はその場を去ると、すぐに何かを手に戻ってきた。

「これ、花子にプレゼント。開けてみて」

母は花柄のポーチを差しだした。見るからに安物ではないとわかる。何が入っているのだろう。

どきどきしながらファスナーをひらくと、なかにはコスメが入っていた。どれもこれも、まるで魔法少女のアイテムのようなデザインで胸がときめく。すべてに「JILLSTUART」と刻印されていた。ファンデーション、チーク、アイライナー、アイシャドー、マスカラ。すべての名称はわからないが、これだけあればおそらくメイクを完成させるのに足らないものはないのだろう。

「こんな素敵なもの……、お母さんが買ってきてくれたの？」

「ううん。これはね、あなたのお友達が、あなたに渡してほしいって持ってきてくれたの」

「……友達？」

ゆかりちゃん。脳裏にはふと、その名前が浮かんだ。でも、そんなはずはなかった。ゆかりちゃんはもう私のことを覚えていないだろう。私の名前さえ忘れてしまっているかもしれない。

もしかして――蓮、だろうか。

だって、私に友達なんていない。考えられるとしたら、アプリのフレンドである蓮しかいなかった。

「……誰？」

「突然の訪問だったから、名前を訊くの、忘れちゃったの。でも、いちばんの友達だからって。いつも、花子のことを思ってるって」

「……いつ、来たの？」

「十月の最終日だったかな。夕方頃に来てね、花子が変わりたいと言ったら渡してほしいって頼まれたの」

確かにその日は、私が蓮と水族館に出かけたことになっている日だ。辻褄《つじつま》はあうけれど、もし蓮がくれたとするのなら、どうして私に直接渡さなかったのだろう。

「花子、お母さんも、応援してる。でも無理はしないで。お母さんはどんな花子も、大好きだから」

お母さんはどうしていつも、こんなに優しいのだろう。私なんて、生まれてこないほうがよかったくらい、どうしようもない人間なのに。どうしてこんな私のことを好きでいてくれるのだろう。

私もいつか奇跡みたいに、新しい命を授かったら、わかるのだろうか。

＊

次の日も、また次の日も、依然として蓮からの連絡はなかった。

だが不思議と、不安にはならなかった。

私は一心不乱にメイクの練習を繰り返していた。

それはアプリのアバターを着飾るよりきっと意味のある時間だった。

最初はグロスの名前すらわからなかったけれど、ユーチューブを見たりして、だんだんとメイクは上達していった。

可愛くなれたら、そうしたら蓮は、私のことを好きになってくれるだろうか。

私は無意識ではなく、外に出て、蓮に会う勇気が持てるだろうか――。

＊

レン〉長い間、連絡できなくて本当にごめん。

レン〉花子に会いたい。伝えたいことがあるんだ。

花子のもとに、再び蓮からのメッセージが届いたのは、二月の最終日だった。

二カ月ぶりのメッセージ。

花子はベッドにダイブして寝転がると、スマホを抱きしめた。

よかった。ほんとうによかった。嫌われたわけではなかったのだ。

心のなかが、一瞬で冬から春に変わったようだった。

花子は、どうしようもなく蓮が好きだと感じる。蓮を好きになるために、生まれてきたのだと思う。

カコ〉心配したよ。大丈夫だった……？

そして。そして――……

カコ〉私も

――会いたい。蓮に、会いたい。

＊

去年の正月は、バイトへ行く以外ずっとゲームをしていた。

マインクラフトというゲームにはまっていて、正方形のブロックを何千個も積んで、大きな建築物を造っていた。

ゲーム内には、どこまでも世界《ワールド》が広がっていて、こわくなるほどに果てがない。だが、どれほどワールドを広げても、何を造っても、死んでも、生き返っても、本当の俺の世界は東京の狭いアパートのワンルームで何も変わらずに、朝が来て夜が来るだけだった。

これ以上ない非生産的な時間が永遠と流れているのだと思うといつもこわかった。

今年の正月、実家に帰ったのは、親父に話があると言われたからだった。

「ただいま」

玄関を上がり、久しぶりの実家のにおいを感じながら、俺は明るく言った。

「雑煮、食うか」

卒業してから二年間、一度も連絡していなかったのに、親父は相も変わらぬ様子で、そう言った。

「うん」

いつものように笑顔を作る。他に表情がないと思われるほど、俺はいつも親父に対して笑顔を向けていた。そうしないと、見捨てられる気がしていた。

親父は雑煮とやけに豪華なおせちを用意してくれていた。

「いただきます」

お椀には、だしの利いたおすましと大きな餅が二つ入っている。

齧《かじ》りつくと、餅は想像以上にやわらかく、美味しかった。一緒に住んでいるときは
わからなかったが、人が作ってくれるごはんは、こんなにもおいしいのだと痛感する。

「蓮、私はもうすぐ死ぬ」

そのあと唐突に親父は言った。

箸を持つ手が固まる。話とはきっとこのことだったのだ。

「この間、精密検査の結果で病院から呼び出されてな、末期癌だった。持ってあと半年だそうだ。延命治療はしない。これでようやく母さんのところへ行ける」

「……そう、なんだ」

さすがに笑顔は作れないし、作るべきではない。だがこんなとき、どう反応するのが正解なのだろう。わからないまま、俺は持っていたお椀をテーブルに置いた。

「蓮、お前には、悪いことをしたと思っている。変な言い方になるが、お前が生まれてきたとき、私の人生は終わってしまった。愛する人がいなくなった悲しみでいっぱいで、お前を愛してやる余裕はなかった。お前のために働くことしかできなかった。ほんとうに済まない」

親父は涙を浮かべながら言った。

俺は、何を思えばいいのだろう。

何と言えば、愛されるだろう。

「辛いなかで、俺を育ててくれて、ありがとう」

わからないままに、俺は笑顔を作った。それしかできなかった。

親父が作ってくれた雑煮はもう、食べられなかった。


それからしばらく、何も手につかなかった。

バイトは休まず行ったが、あけましておめでとうのやり取りを最後に、花子にメッセージも送れないでいる。

俺はまた死にたくなっていた。

親父から愛されていないのだとわかっていた。知っていた。大丈夫なはずだった。

でもあんなふうに宣言されたら、生まれてきたことに罪を覚えずにはいられない。

こんな気持ちになるなら、生まれてきたくなんかなかった。

愛されたいのに、愛されない日々が、どれほど辛かったか。

あのとき親父は涙を浮かべていたけれど、俺にはわかる。あれは罪悪感からではない。母のことを思い出して泣いたのだ。

この歳になって、自分の人生を親の所為になんてしない。

流されるままに生きてきて、何になりたいのかもわからずに、真夜中に入り浸り、努力をしなかったのは俺だ。

でも嘘でも、少しくらい愛するふりをしてくれたら、俺はもっと、上手に生きられたような気がする。

＊

「なんか、愛って難しいっすよね」

深夜二時、久保くんが俺の心を見透かすように呟いた。

大きな冷蔵庫の中で、ミネラルウォーターを補充していた手がとまる。

「急にどうしたの？」

「いや、彼女とうまくいかなくて」

「喧嘩でもした？」

「まあ、喧嘩っつーよりは、僕、女と付き合ったらいつも言われるんですけど、私のことほんとうに愛してるのかって。いまのカノジョのことは結構好きなんですけど、愛してるとかって正直よくわかんないんすよね。それにいまは、音楽のことで頭がいっぱいで、あんまり構ってる余裕ないっていうか。でも、頻繁に連絡しないと怒るんですよね。正直だるいっていうか」

よほどストレスが溜まっているのだろう、久保くんは一気に愚痴を吐きだした。

「大変だね」

あまり共感できないが、一応頷いた。だいたい俺は、誰かと付き合ったこともない。

「雨下さん、愛ってなんなんですかね。何だと思いますか?」

難しすぎる質問を、ど真ん中ストレートに投げてくる。

「なんだろう。俺もよくわからないけど、心が痛いくらい、何かを思うことかな」

俺はミネラルウォーターを所定の場所に並べながら答えた。

「あー……深いですね」

久保くんはコーラを補充しながら、頷いた。

「いや、深くはないと思うけど」

俺は苦笑いする。そのとき、鈍いバイブレーションの音が響いた。久保くんはズボンのポケットからスマホを取りだす。

「あ、すみません！　カノジョから電話かかってきました。昨日ケンカしたままで、ちょっと先、休憩もらっていいですか？」

「あ、うん、いいよ」

「あざす」

久保くんは彼女に電話をかけながら、冷蔵庫の外へ出ていく。話を聞く限りでは、どっちもどっちという感じもするが、誰もがそうやって足りない部分を求めたり、あるいは自分と同じ部分を求めたりして、誰かを好きになるのだろう。今ならわかる。

きっとそれは、花子に出逢ったからだ。

＊

十連勤だったから疲れが溜まっていたのだろう、バイトから帰り、ベッドに横たわるなり、波に呑まれるように眠りに攫《さら》われた。そして俺は数年ぶりに夢を見ていた。

バロンを撫でている。金色の毛は体温があって息をしていたときの感触だった。

「なんでさよならも言わずに、いなくなったんだよ」

バロンは悲しそうにくうんと鳴いた。

あの日俺は、火葬場に行かなかった。焼かれたらバロンが本当にいなくなってしまう。想像しただけで耐えられなかった。

だっていつも一緒にいたのだ。いつも、俺の帰りを待っていてくれた。

だから——さよならを言えなかったのは、俺のほうだ。

「ごめんな」

再びくぅんと鳴くと、バロンは俺の涙を舐めとった。

「ずっと一緒にいたかった……」

目が醒めると泣いていた。

——レンはきっと、人一倍、愛が深いんだよ。

はじめて会った日に、花子がくれた言葉を思い出す。

あのとき俺は、痛いくらい何かを思うこの感情が愛だと、知ったのかもしれない。

花子のことを考えるだけで胸が痛くなる。失うのがこわいのかもしれない。

だけどもう——後悔はしたくない。

レン〉長い間、連絡できなくて本当にごめん。

レン〉花子に会いたい。伝えたいことがあるんだ。

スマホを握りしめベッドに倒れ込む。

つけっぱなしだったテレビから、最近リリースされた新しいスマホゲームのコマーシャルが流れてくる。

「新しい物語がはじまる！」

アプリのなかの魔法少女は、そう謳《うた》っていた。

＊

カコ〉私も――会いたい。

三月一日。花子とは、いつも通り京都駅の大階段で待ち合わせることになった。

約束の十五分前に到着した俺は、先《ま》ず本屋へ寄った。一週間前に発売された本がある。

『4・7インチの世界で』

——君の顔も、声も、本当の名前も知らないのに、生まれてはじめての恋をした。

——と帯には綴られている。

言わずもがな、井浦さんの小説だ。

目立つ場所にかなりの部数が並べられている。発売して早々話題になっているのは、人気アイドルグループのセンターの女の子がひどく気に入って、ツイッターで紹介したことがきっかけだという。

別に自分のことが書かれているわけではないのに、なぜか気恥ずかしくなりながら本を買った。

購入した本の写メを撮り、まだ読んでもいないのに「#おすすめの本」と書いてインスタに投稿する。

海月の写真を投稿して以降、何もしていなかった。まあ今回ばかりは投稿することがなかったといったほうが正しい。

タイムラインに反映されるなり、すぐにコメントが来た。蒼森さんだった。

〉この井浦って、もしかしてあの井浦さんですか？

答えてもいいのだろうか。迷いながらも「そうだよ」とコメントを返した。

小説の冒頭は、引きこもりの女の子が夢から醒めたところから始まっていた。

「蓮……遅れて、ごめん！」

花子の声ではっと我に返った。

夢中になって読んでいた。

「ううん、気にしないで」

本を鞄にしまい、俺は言った。

花子は小さく息を切らしている。

時刻を見ると、約束の十二時を十五分ほど過ぎていた。

本に没頭していて気が付かなかったが、花子が遅刻してくるなんてはじめてのことだ。顔色が少し悪い気がするのは、気のせいだろうか。もしかしたら体調が悪かったのか。

だがそれ以上に気になったのは、髪形だった。

「髪型変えた？」

いつもは横に流していた前髪が、目の上できれいに切り揃えられている。

「あ、気付いてくれたんだ」

花子はうれしそうに前髪を触った。

「一瞬でわかったよ。そのほうが似合う。すごい、可愛いと思う」

そんな恥ずかしい台詞を吐いた自分にびっくりしながらも、つい見惚れてしまう。

前髪を切っただけなのに、別人みたいだ。花子という名前がより一層似合っていた。

「私も、そう思う」

花子はちょっと自慢げに言った。

「なんだ、それ」

笑い合うと、連絡を取らなかった二カ月間が、会わないでいた四カ月間が、いっきに縮まっていく。

「冗談。思い切ったから、褒めてもらえてうれしい」

「そっか。本当に似合うよ」

「ありがとう」

「それで、ごめん。誘ったくせに今日は何もプランを考えられてないんだ」

「何かあったの？」

「このところものすごく忙しかったんだ。連絡できなくて、本当にごめんね」

フリーターにその言い訳は、無理があるのはわかっていた。だが今日はまだうまく話せそうにない。

「ねえ蓮、辛いことがあったときは、無理して笑わなくていいんだよ」

「花子といるとたのしいから笑ってるだけだよ」

どきりとしながら俺は言った。それも嘘じゃない。

「じゃあいいんだけど……」

「心配してくれてありがとう。本当に大丈夫だから」

「うん。ねえ、よかったら今日は私がでかける場所を考えていい？」

花子はそれ以上、追及しなかった。

「うん、たすかる」

格好悪いが花子の提案に甘えて、俺は頷いた。

「じゃあ、まずは映画を観にいかない？　私、観たい作品があるんだ。河原町《かわらまち》のほうまで出よう」

「そうしよう」

「じゃあ、出発！」

花子が笑う。体調が悪いのかと心配したが、花子はいつにも増して元気そうだ。よかった。ほっとしながら、歩き出した。

それから、地下鉄を乗り継いで三条京阪《さんじょうけいはん》まで行き、新京極《しんきょうごく》のMOVIXで大流行中のアニメ映画『君の名は』を観た。

「すっごく面白かったね！」

劇場から抜け出し、花子が感動しきった声で言う。

「なんかこう、時系列がすごかったよね」

そういう俺もかなり感動していた。花子と一緒に来なかったら、絶対に映画館では観ていなかっただろう。そう思うと、得した気分だ。それにこの素晴らしい作品を、花子と観られたことがうれしかった。

「うん。歌もすっごい感動しちゃった」

「歌よかったね。こんなに流行るわけがわかったよ」

「もう一回観たくなるよね」

「確かにもう一回観たい」

頷きながら、まだ発売してもないブルーレイをもう買いたくなっていた。

「そういえば私、誰かと一緒に映画を観たのなんて、はじめてかも」

「俺も。てか、映画館に来るのも、何年ぶりっていうくらいだけど」

「私も。でも、蓮と一緒なら、どこへだって行けるんだね」

花子はやわらかく微笑んだ。

俺は花子のその顔が好きだと思う。春の道で小さく咲いているチューリップの花みたいな、その笑顔が。

「次はどこか行きたいとこある？」

少し照れながら、映画館の前で俺は言った。

「うん、買い物に行きたいんだけど、ちょっとだけ付き合ってくれる？」

「いいよ、何買うの？」

「あのね、友達がもうすぐ誕生日だから、靴をプレゼントしたいの」

「靴か、どこに売っているんだろう」

「えっと、私もよく知らなくて。とりあえずデパートに行ってもいいかな？」

「うん、いいのが見つかるといいね」

新京極を通り抜けて、四条《しじょう》河原町にある高島屋へ向かった。化粧品売り場の先に、靴のフロアが広がっている。ここなら見つかりそうだ。

「ねえ蓮、選んでくれない？」

するると花子が言った。

「え、俺が選ぶの？」

「うん、蓮が、女の子に履いてほしいって思う靴を選んでほしいの。そのほうが、きっと可愛いものが見つかると思うから」

「でも俺、あんまりセンスないよ？」

「そんなことない。私よりセンスいいよ」

花子は本気でそう思っているのだろうか。明らかに花子のほうがおしゃれだ。だが、ここまで頼まれて断る理由もない。

「うーん、じゃあ、友達はどんな感じの子？」

「えっとね、ロマンチストで、ちょっと喋るのが下手で、本が好きで、すごく優しい」

花子は弾んだ声で答えた。ほんとうにその友達のことが好きなのだろう。

「なんか、花子みたいだな」

「うん、私にすごく似てる」

「なるほど。うーん、どうしようかな」

訊いてみたものの、女の子の趣味はよくわからない。

「あ、これとか、いいかも」

しばらくしてJILLSTUARTというブランドの靴が並べられている棚の前で、目についたシルバーのハイヒールを指差した。それはとても花子に似合いそうな気がしたからだ。

「可愛い！　なんかシンデレラの靴みたい。うん。きっと気に入ると思う。さっそく買ってくるね！」

花子はその靴を大切そうに抱いて、販売員さんのもとへ向かった。

そのあと三条《さんじょう》河原町へと戻った。

「素敵な靴を選んでくれてありがとう」

「喜んでくれるといいね」

「きっと涙がでるくらい喜ぶと思う」

「そんなに？」

「そんなに」

そんな会話をしながら、三条大橋のたもとにあるスターバックスで、俺は抹茶ラテ、花子はキャラメルマキアートを買って、鴨川《かもがわ》に移動した。

川を挟んで西側の河岸にはカップルが等間隔で座っている。俺達はその対岸——東側に座った。

「こっちに座ったほうが、景色がいいって書いてあったんだ」

俺は言った。バイトが休みの日、京都のデートコースを調べているとき、そういう情報を見たのだ。そして確かに、東側は人が少ない上に、いかにも鴨川らしい景色が見えた。

「本当だね。私、誰かと出かけたりしたことなかったから、京都に住んでいるのに何も知らないや」

「友達とも、出かけたりしなかったの？」

「友達は、いないから」

「さっきプレゼントを買った友達は？」

「あ……あの子は、実はメールの交換をしているだけで、会ったことはないの。でもずっと仲良しなんだ」

「そうなんだ。でも花子が、友達がいないなんて信じられないな」

「そう？　私、ほんとうに不器用だから」

対岸に座っているカップルたちは何を話しているんだろう。

好きな人と、何を話すんだろう。

俺は──花子に話さなければいけないことが、たくさんある。

そして訊くべきことも。

「どうして花子は、引きこもっているか訊いてもいい？」

花子はふうと息を吐いた。

「……高校生のとき、好きな男の子がいたの」

「うん」

花子が好きになった男の子──どんな人だったのか。知りたいような、知りたくないような、複雑な感情が渦巻く。

「その男の子は、空気みたいな私に、毎日おはようって声を掛けてくれた。うれしかった。私ははじめての恋をした。でも、その男の子は人気があって、私なんかとは到底つりあわなくて。だから見ているだけの恋でよかったんだ」

そのエピソードは、あまりにも自分と倉田さんにかぶって、胸が痛くなる。

「けどね、卒業式の日、告白されたの」

「両想いだったってこと？」

「ううん、違う」

花子が首を振る。俺はその結末を、少し悟った。

「罰ゲームだった」

花子が言う。その声はまだ、傷ついているように聴こえた。

「許せない」

反射的に、俺はそう言った。

でもそれはきっと——自分に言ったのだ。

手を震わせながら倉田さんがくれたラブレターは、クラス中で回し読みされたのに、
俺は謝りにも行かなかった。

「私も、許せなかった。でもね、罰ゲームでも、うれしかったんだ。はじめて話せて、うれしかった。そう思っている私もいたの」

花子は苦笑する。

「そしてね、生きていることがもう恥ずかしくなって、その男の子やクラスメイトに会うのがこわくて、外に出られなくなった」

あの日、花子はどんな思いで、京都駅まで来てくれたんだろう。

「でも俺に会いに来てくれた。どうして……?」

俺は花子を可愛いと思う。

でも俺ではない誰かからすれば、違うのかもしれない。

はじめて会った日、俺の目に、花子があんなにも特別に映ったのは、花子が素晴らしい女の子だということを、会う前から知っていたからなのかもしれない。

「私もずっと会いたいと思っていたから。それにね、蓮からのメッセージを読んだ瞬間……絶対に行かなきゃって思った。行かなきゃずっとこのままだって……。本当はこわかったよ。それは蓮に会うのがこわかったんじゃない。外に出るのがこわかった。でも、蓮とふたりで見た桜、本当にきれいだった。いつか見せてあげたいと思った。だから、蓮から誘われた日だけは、外に出る勇気がでるんだ。でも正直、それ以外の日は、ずっと引きこもってる。どうにかしたいけど、どうにもできない。ダメだよね」

「そんなことない。俺も、大学を卒業してからこの三年間、バイトはしていたけど、それ以外はどこにも行かないし、ゲームばっかりしていて、ずっと無気力だった。でも花子に出会って、うまく言えないけど、生きてるって感じた。だから、えっと、花子は、ダメなんかじゃない。花子は、素晴らしい女の子だよ」

「ありがとう、そんなふうに言ってくれてうれしい」

花子はぽろりと涙をこぼした。

その涙は無意識にこぼれたのだろうか、花子は自分が泣いていることに、気が付いてはいなかった。

「花子……俺、今日は、言いたいことがあるんだ」

昨日、花子に会いたいとメッセージを送った瞬間から、この気持ちを伝えようと決めていた。

「うん、何……？」

「俺……」

いざとなると声が震える。

でも、伝えなければ。

いや、ちゃんと伝えたいのだ。

生まれてはじめて、こんなにも誰かを好きになれたのだから。

「俺は……花子のことが……」

――好きです。

「ま、待って！」

だが告げようとした瞬間だった。ものすごい勢いで言葉を遮られた。

「……え？」

予想もしていなかった展開に、マンガだったら目が点になっているだろう。

「あのね、続きはメッセージでくれない……かな？」

「えっと……なにそのコマーシャルみたいなの」

柄にもなく突っ込みながら、全身の力が抜けていくのを感じた。

これは——断られた、のだろうか？

「ごめん。蓮の言葉、残しておきたいんだ。メッセージなら、ずっと残るから」

花子は懇願するように言った。

空気が読めないと言えばそうだが、茶化しているようにも思えない。

「そっか……よかった」

完全に花子の思考を理解したわけではなかったが、俺はようやく息を取り戻した。

「へ？」

「告白もさせてもらえないのかと思った」

もう告白したのも同然だ。俺は開き直ったみたいに、言った。

「そ、そんなわけないっ。でも……私は、蓮から送られてくるメッセージが大好きだから。だから、お願い」

「うん、わかった」

消化不良ではあるがもはや頷くしかない。

鴨川に夕日が落ちていく。

京都には東京のように高い建物がなく、見上げる広い空は宇宙に繋がっていることを感じさせる。

横目で隣を見遣《みや》ると花子は神妙な表情で、対岸のカップルたちを見つめている。いったい花子は、何を考えているのだろう。不思議な女の子だ。

「今日はもう帰るよ」

俺は言った。

「京都駅まで送ってもいい？」

「手を繫いでもいいなら」

つい、そんな意地悪なことを言ってしまったのは、告白をさせてもらえなかったからなのだろう。

ぱっと花火が打ちあがるように、花子の顔が赤くなる。その反応に、俺は少し安堵した。

「う、うん……」

花子は恥ずかしそうに頷く。

俺は、遠慮がちに指を絡め——手を繫いだ。

花子の手はやわらかくて、あたたかかった。

改札について、どちらからともなく手を放した。

「じゃあ、行くね」

切符を買ったあと、俺は言った。

「あの、蓮」

「ん？」

「私ね、蓮に出会えて、うれしかった」

まるで、もう二度と会えないような言い草だ。

花子はいまにも泣きだしそうな顔をしていた。それほど別れを惜しんでくれているのだろうか。そう思うとうれしかった。

「俺もだよ」

「あのね、次会う日、三月三十一日にしない？　登録してなかったけど、その日ね、花子の誕生日なの。返事はそのとき、していい……？」

花子は自分のことを名前で呼ぶタイプではない。でも以前にもこういうことがあった。ほんとうは自分のことを名前で呼ぶ癖があるのだろうか。

「十二時に大階段で待ってるよ」

祝ってもらったのに、俺はいままで花子の誕生日を知ろうともしなかったのだ。そのことに気付いて、ふがいなくなる。俺と一日違いだったのだ。ふと運命という言葉が浮かぶ。

「ありがとう。それで、最後に一つだけ言いたいことがあるの」

「何？」

次に会う約束をしたばかりなのに、最後とは大げさだ。けれど花子の声色はいつになく真剣だ。何を言われるのだろう。

「私ね……、私の名前、カコっていうの」

拍子抜けする。花子のハンドルネームがカコだということくらい知っている。

「そんなの、知ってるよ」

俺は笑った。

「だよね」

花子も笑う。もしかしたら花子も根っこは関西人らしく、笑いを求めているのだろうか。

「うん。じゃあ、カコ──またね？」

ノリが悪いと思われても癪《しゃく》だ。俺はちょっと冗談めかして言った。

「うん……またね、蓮」

でも花子はちっとも笑わず、泣き出しそうな目をして言うと、くるりと背を向け、人混みのなかに消えてしまった。

いつもは姿が見えなくなるまで手を振ってくれるのに、どうしたのだろう。

しばらく俺はその場に立ち尽くしたまま、なぜだろう——もう二度と花子に会えないような気がした。

第八話　日記

目が覚めてスマホの明かりをつけると、ロック画面には三月二日と表示されていた。

それはまた、気を失ってから一日が過ぎたことを示していた。

フワストには、蓮からのメッセージ通知が届いている。

なぜだろう。ひらくまえから、私はそこに何が書かれているのかを知っていた。


レン〉花子が好きです。

レン〉俺と付き合ってほしい。


私は思わず、両手で胸を押さえた。

「はぁ、はぁ」

息が、苦しい。


——キモいよ。


あの日のことが、嫌でも蘇る。

やっぱりこれは夢だ。私は長い夢を見ているのだ。

何度も無意識に外に出かけるなんて、どう考えたってあり得ない。

だって私は、蓮に会ってなどいない。蓮の顔も知らないのだ。

そもそも私は――蓮に好きになってもらえるような女の子じゃない。

どれだけメイクを上手に施したって、普通の女の子みたいにはなれない。

だって私はもう四年もこの部屋に引きこもっているのだ。明けない真夜中のなかに。

ここから、出られない。コンビニすら行けない。外に出ることを考えるだけで眩暈《めまい》がする。こわくて手が震え出す。うまく喋れない。

私は蓮のことが、好きだった。とても好きだった。蓮のことを何も知らないけれど、すべてが好きだった。

でもきっと――蓮が好きになったのは、私ではない。

私じゃない誰かだ。

私は4・7インチのディスプレイ上の、フワストのアイコンを長押しして、現れた×のボタンを押した。

そして私は、簡単にいなくなった。

蓮がいた世界から、いなくなった。

その瞬間、残り一パーセントだった充電が切れ、ブラックホールに吸い込まれていくように、目の前が真っ暗になった。

――――花子。

蓮の声を私は知らない。けれど暗闇のなかで、呼ばれた気がした。

涙がこぼれる。会ったこともないのに、蓮にもう会えないことがなぜ悲しいのだろう。

わからない。わからない。

「罰ゲームだよ」

けれどもう一度、あんな想いをしたら、私は死んでしまう。

私はこのままでいい。傷つくくらいならば、このまま真夜中に溶けていくだけでいい。

＊

蓮のいない世界で、息をしている。

生きているのか、死んでいるのかも、わからない。

スマホの充電が切れたままだから、あれから何日が経ったのかすら、わからない。

スマホがないと、今日がいつかもわからないなんて終わっている。

充電する気になれないのは。起動しても蓮からのメッセージはもう来ないからだろう。

夜のはじまりと、明け方に送られてくるメッセージ。

キラリンとスマホが鳴る音。

それが私の生命線だった。

なのに──絶ってしまった。

錯乱していた。

自分でやらかしたことなのに、もう蓮と言葉を交わすことができないのが、辛くてたまらない。

あのとき私は、もう恋に傷つきたくないと、それだけを思った。

アプリを消せば、すべてが蓮と出会う前に戻るような気がした。でも、そんなわけなかった。この一年のやり取りはぜんぶ、記憶のなかにある。

メッセージを見られなくなってしまったから、確かめられないけれど、蓮は、私のことを好きだと、付き合ってほしいと、そう言ってくれた。

死にそうなほどうれしかった。生まれてきてよかったと感じた。

なのに私は――……。

〝花子ちゃん、一緒に帰ろう？〟

私はまた――何も、答えられなかった。

＊

アプリを消してから一カ月が経った。私はほとんど屍《しかばね》のようになりながら、ただ生きるために部屋で息をしている。でも何のために生きているのか本気でわからない。

茫然と本棚を眺める。もうしばらく本を読んでいない。

私の本棚は一段目が飾り棚になっていて、好きな本をディスプレイできる。勿論《もちろん》ずっと、運命の本である『花物語』を飾っていた。だがそのとき――ふと花物語の隣に、買った覚えのない小説が飾られているのに気付いた。

お母さんが買ってきたのだろうか。でもお母さんは勝手に部屋に入ったりはしない。

『4・7インチの世界で』

ゆっくりと立ち上がり、その見覚えのないタイトルの本を本棚から手に取った。

「え？」

何ということだろう――それは私が敬愛する花物語の作者、井浦創《つくる》先生の本だった。

刊行日は、一カ月前になっている。だとするとこれは、約五年ぶりの井浦先生の新刊だ。何もする気になれなかったのに、私は衝動的に本をひらいていた。

そして読み始めてすぐ、夢中になった。

だってそれは、私の物語だった――。

いや、違う。私と蓮の物語だった――。

エピローグを読み終えたとき、私は花物語を読み終えたとき以上に泣いていた。と同時に、どうしようもなく胸が痛くなっていた。

いくらこの恋物語に自分を重ねて恋が叶ったような気がしても、もう蓮には会えないのだ。

私は涙をすすりながら、最後のページをめくった。

その拍子だった。白い紙がはらはらと落ちてきた。

床に落ちたのは、水占みくじだった。おみくじには何かが書かれている。

「花子、がんばれ。

蓮は知っている。花子が素晴らしい女の子だということ。

さあ――クローゼットを開けて」

それは明らかに、占いの結果ではなかった。

確か、前に見たときは何も書かれていなかった。それにこのおみくじを私は机の奥にしまったはずだった。

否応なしに胸が高鳴る。

不可思議な現象に驚いたからではない。

そのメッセージの筆跡が、私が書いた文字にあまりにも似ていたからだ。

「クローゼット……」

私はこわごわとクローゼットの扉の前に立った。

引きこもるようになってからは、ただ楽だという理由でスウェットばかり着ていたから、クローゼットなんてずっと開けていなかった。服をしまった覚えすらない。高校を卒業してからは、開かずの扉だった。

いったい、何があるというのだろう。

深く息をしてから、私はゆっくりとクローゼットの扉を開けた。

その瞬間、ぶわあっとクローゼットのなかから、桜吹雪が部屋に舞い込んできたようだった。

クローゼットには、一目見ただけで素敵だとわかる洋服が何着も掛かっていた。

それはサイズ的に、小さい頃母が買ってくれたものではなかった。

驚きながらも、一着ずつ順番に触れていく。どれも雑誌で見るような、おしゃれで上品な洋服ばかり。

そしてクローゼットの下部にはきれいにラッピングされた長方形の箱が置かれてあった。

どくんと胸が高鳴ったのは、

『物語を諦めないで』

箱の上に、そう書かれたメモが残されていたからだ。

書いた覚えはないが、筆跡はやはり自分の字に酷似している。

ラッピングをほどき、箱の蓋を開ける。

入っていたのは、シンデレラが落とした硝子の靴のような、真新しいシルバーのハイヒールだった。

中敷きには、JILLSTUARTと書かれている。それはポーチに入っていたコスメと、同じブランドだった。

私は箱からそっと靴を取り出した。

あまりにも素敵で、いますぐにでも履いて出かけたい衝動にかられる。

ふと見ると、靴箱の底には、花日記が入っていた。

どうしてこんなところに。私は花日記をタンスの奥に封印していたはずだった。もう二度と読み返したくはなかったから。

こわごわと花日記を手に取る。

なぜだか今、読まなければいけない気がした。

二月二十八日

明日は、卒業式だ。

頑張って千葉くんに話しかけようと思う。毎日、声を掛けてくれて、ありがとうって。頑張れ、私。

それは卒業式の前日に書いた、最後の花日記。

のはずなのに――次のページにも、日記は続いていた。

筆跡は私のものだ。

だがそれは――書いた覚えのない、日記だった。

四月一日

京都駅で待ち合わせ。

レンは、花子が想像していた通りの――いや、それ以上に素敵な男の子。

レンがやって来たとき、あまりにも素敵で、私はとても緊張した。こんな素敵な男の子と、うまく話せるだろうか。途端に心配になってくる。

でも花子のためにヘマをするわけにはいかない。きっとレンに、花子が素晴らしい女の子だと伝えるのが、私が生まれてきた使命だと思うから。

挨拶をしたあと、レンが調べてくれた「哲学の道」という場所へ行って、満開の桜の下を、色んな話をしながらふたりで歩いた。

緊張がほどけるにつれて、レンと花子はとても似ていると思った。

きっとふたりなら、うまくいく。心からそう思った。

「私ね……、私の名前ね……、ほんとうは……花子《はなこ》って言うの」

今日ずっと、私に向かってレンが呼んでいたその名前は、花子の名前ではなかった。

だから帰り際にそう告げた。

「カコにぴったりの、いい名前だと思う」

レンはそう言って、微笑んだ。

七月七日

今日は、七夕。

蓮は「貴船神社」に連れていってくれた。

縁結びで有名らしい。蓮は花子よりも京都のことをよく知っている。

花子に見せるために写真を撮った。これで花子も、蓮と会っていることが、夢ではないと気付くだろう。

手を清めてから（ケチらずに、昔から使っているものじゃなくて、可愛いハンカチを買えばよかったと後悔）、蓮とふたりで短冊に願いを書いた。（水まつりが開催されていたの）

「来年も、蓮と桜を見られますように」

そう願おうとしたのに、花子のことを思って「来年は」と書いてしまって、少し焦った。

境内の奥には、池におみくじを浮かべて未来を占う、水占みくじというものがあった。

蓮が先にやって見せてくれた。何も書かれていなかった紙には、見事、大吉が浮かんできた。

とてもたのしそうだった。

「次、花子の番」

そう言われたけれど、私はやらなかった。

だって花子の運命は、花子のものだから。おみくじは持って帰ることにした。

喉が渇いたから、神様の水で作られているらしいラムネを飲んだ。ごく普通のラムネの味だったけれど、蓮と同じものを飲んでいるのだと思うと美味《おい》しかった。

帰る頃には、どしゃぶりの雨が降ってきて、花子が悲しむなと思ったら、なんだか私までひどく悲しかった。

花子が目覚める頃には、止んでいるといい。

十月三十一日
いつものように京都駅の鐘の前で待ち合わせ。

京都水族館へ行った。なんだか……デートみたいだった。(今までもそうだったのだろうけれど)

「蓮は、どんな女の子が好き?」

イワシがきらめきながら泳ぐ水槽の前で私は訊いた。蓮は「言葉遣いのきれいな子、かな」と答えた。

それは絶対に、花子のことだった。私はうれしさをどうにかこらえながら、「わかる」と頷いた。思い返せば、ちょっと変な反応だったかもしれない。

私は蓮の前で、うまく花子を演じられているだろうか?

ちょっと不安になってきた。

蓮がほんとうに花子と会ったとき——、違うと思わせてはいけない。私は花子の一部だけど、花子は私ではないのだ。

でも今日、自分のことを誤って（はいないけれど）「花子」と呼んでしまった。気を付けなくては……蓮はちょっと顔を歪めていた。

海月の水槽の前で、おしゃべりをした。海月は美しくて、ずっと眺めていたい気持ちになった。蓮はなんだか真剣に、海月の写真を撮っていた。

それからイルカショーを楽しんだりして（イルカを操るストロー笛が上手く鳴らなかった。蓮は上手だった）、帰り際、蓮はお土産コーナーで、オオサンショウウオの光るストラップを買ってくれた。正直あんまり可愛くはないけど、サプライズでくれたから、とてもうれしかった。

花子はこれがオオサンショウウオだとわかるだろうか？（笑）

三月一日

本屋で井浦先生の本を探していた所為で、待ち合わせには少し遅れてしまった。

井浦先生の新刊、きっと花子は喜ぶだろう。気が付くように目立つ位置に置いておいた。

蓮とは四カ月ぶりの再会で——少し緊張した。

蓮も花子に会えてうれしそうな顔をしていたけれど、連絡がなかった間、何があったのかは話してくれなかった。

でもきっといつか蓮のタイミングで、花子に話したいときがくるのだろう。そう思って深くは訊かなかった。

それから河原町へ出て、『君の名は』を観た。コマーシャルで観てから、ずっと見たかった映画。

映画はストーリーもだが、感動的な音楽の効果もあって、身体がふるえるほど素晴らしかった。いつか花子も観て気に入るだろう。だからネタバレはやめておくね。

そのあとデパートへ行き、買い物に付き合ってもらった。

私は花子に靴を買おうと思っていた。花子がいつか駆けていくための靴を。

蓮に選んでほしいと頼むと、蓮は悩んだ末、JILLSTUARTのシルバーのパンプスを指差した。

まるでシンデレラの靴のようで、とても素敵だと思った。私は迷わずにそれを買った。

それから鴨川の河川敷で、テイクアウトしたスタバのキャラメルマキアートを飲みながら（一度、飲んでみたかったから、うれしかった。花子はスタバなんて行かないから）、私は花子に起こった卒業式の日の出来事を蓮に話した。（勝手に話してごめん）

蓮は「許せない」そう言ってくれた。

それだけで、私の心は救われるようだった。

そして、いよいよそのときがやってきた。

「俺は……花子のことが……」

蓮がそう言いかけた瞬間、涙が出そうになった。

花子が花物語を読んで感動したときのように。

花子の恋が叶いますように。私はいつもそう願っていた。

「あのね、続きは……メッセージでくれない……かな？」

私は花子に知らせたかった。蓮が花子のことを、こんなにも大好きなことを。

だから言った。

蓮は唖然《あぜん》として「なにそのコマーシャルみたいなの」と、たぶんアニメだったら目が点になっていた。

「私は、蓮から送られてくるメッセージが、大好きだから。だから、お願い」

私は苦し紛れに言った。

蓮は少し呆れていたけれど、「わかった」と頷いてくれた。

それから帰り道、はじめて手を繋いだ。(断れなくて、ごめんね)

蓮の手は、あたたかくて、大きかった。

「次会う日、三月三十一日にしない？　登録してなかったけど、その日ね、花子の誕生日なの」

改札の前で、私は言った。また自分のことを花子と呼んでしまったことを、蓮は不審に思ったかもしれない。

「十二時に大階段で待ってるよ」

でも何も疑うことなく、蓮は言った。

「またね、蓮」

別れ際、私はそう言った。でも本当は「さよなら」と言うべきだった。

だって、次に蓮と会うのは、もう私じゃない。

ねえ、この意味、わかるでしょう――？

そして書いた覚えのない、日記を読みながら、花子はそれを追体験した。

蓮と初めて会ったこと、名前を呼ばれたこと、手を繋いだこと、デートを重ねたこと、話したこと——そのすべてが、花子の記憶になる。
そして花子は、はじめて気が付く。
自分のなかに、もう一人の自分が存在することを。
——本当に蓮と会っていた、もうひとりの自分を。

つまり、私の存在を。

第九話　過去

私が生まれたのは、花子が学校に赤いワンピースを着て行った日だ。

いちばんの仲良しだったゆかりちゃんに悲鳴をあげられた瞬間、私は生まれた。雷に打たれたような激しいショックのなかで、花子は感情を分散させるように、無意識下に私を作ったのだ。そうしないと、悲しさで心が死んでしまいそうだった。

そして、その日からずっと――私は花子と共に生きてきた。

つまりどういうことかというと、私は花子によって作られた、もう一人の人格――というより、もう一つの意識だ。

私は花子の理想として生まれてきたわけだから、花子よりは、明るい性格だと思う。なんだって俯瞰的に捉えられるし、辛い出来事に取り乱したりもしない。そういう意味では、花子と対極の存在であると言えるだろう。

勿論、花子は、私の存在を知らない。

気が付いてもいない。

自分のなかにもうひとつの意識があるだなんて、誰かに教えられたところで信じないだろう。

けれど私は、花子のことを知っている。

これまで花子がどんな思いで生きてきたのかも、すべて。

＊

生まれてからしばらくのあいだ、私には名前がなかった。付けてくれる人もいないのだから当然だ。

誰かに呼ばれるわけでもないけれど、名前がないのはなんだか不便で、仕方がなく、勝手に花子の漢字を貰って、読み仮名だけ変える形で「花子《カコ》」と自分で名付けた。

だから花子がフワストのハンドルネームを「カコ」にしたときは、偶然だったけれどとてもうれしかった。

ほんとうに花子と一心同体になれたような気がしたからだ。

花子の身体は、殆どの時間《とき》は花子のものだ。

花子が行動しているとき、私は守護霊のようにただ花子の意識を見守っているに過ぎない。

花子が眠っているときは、私も同じように眠る。

けれど花子が何らかの激しいショックで、眠るわけではなく、意識を手放したとき、私は花子の身体を自分の思うままに行動させられるようになる。

花子の身体がはじめて私のものになったのは、ゆかりちゃんに悲鳴をあげられてから一週間が経った日のことだった。

花子は連日のクラスメイトたちの下らない悲鳴遊びによって、心が疲れきっていたのだろう、いつも起きる時間になってもベッドから立ち上がれなかった。

もう今日は学校をずる休みして眠っていよう。

まどろみのなかで花子はそう考えて、そのまま眠り続けた。

だが。

そのとき花子の意識はしっかり起きていた。病気でもないのに学校へ行かないなんてという真面目な思いが、そのような中途半端な状況を招いていた。

「花子、どうしたのー？　もう学校へ行く時間よ」

珍しく起きてこない花子を心配したのだろう母の呼びかけに、私はベッドのなかで目を開け「うん、すぐ行く！」と言った。

それは私が、生まれてはじめて発した言葉だった。

私は起き上がると、クローゼットをひらいて、あの赤いワンピースを着た。一度、着てみたかった。それにこの服は、花子にとても似合っていた。この服を着ていっても、着ていかなくても、どうせ悲鳴をあげられるのなら、可愛い花子で在《あ》りたかった。

「その服、気に入らないのかと思っていたのに」

リビングへ降りていくと、母は私を見て言った。

「ううん。気に入りすぎて、汚したくないからなかなか着られないの」

母の用意してくれたバターがたっぷりぬられた食パンを齧り、私は微笑んだ。

「そう。ならよかった。でも、無理しないでね」

あのとき母は、もしかしたら花子に降りかかっていたことに、なんとなく気付いていたのかもしれない。

「無理なんてしてないよ。じゃあ、行ってきます」

そう答え、赤いワンピースを靡かせ、浮かれた気分で学校へ出かけた。

自分の意識で、通学路を歩いているだけでたのしくて、目に映るすべてが眩しかった。

でも学校へ着いた途端、私は幽霊になった。

「トイレの花子さんやー！　キャー！」

私を見て嘘くさい悲鳴をあげるクラスメイトに対して、私は何とも思わなかった。

ただ、花子がこんな環境で生きているのかと思うと、胸が苦しかった。どうにかして、助けてあげたいと思った。

でも私にできることは、限られていた。

「ねえ、ゆかりちゃん」

音楽室に向かう途中、前方にゆかりちゃんを見つけて、声をかけた。

ゆかりちゃんは振り向くと、私を目に入れて気まずそうな表情をした。

「しゃ、喋りかけないでって言ったやろ!」

それは何かの演技のように私には思えた。

「喋りかけてごめん。でも、またいつか友達になってくれるって、信じてるから」

ゆかりちゃんの目を見て、淡々と私は言った。

そのときゆかりちゃんは、悲鳴をあげなかった。ただじっと、私の目を見つめ返した。

そのうちにチャイムが鳴り響き、私とゆかりちゃんは少し距離をあけて音楽室へと向かった。

そして、まるで花子として生まれてきたように、私はその日一日を、花子として過ごした。

夜になるまで、花子が目を醒ますことはなかった。

次に花子が意識を手放したのは、卒業式の帰り道。

高校三年生になった花子は、クラスメイトの千葉という男子生徒に恋をしていた。

千葉は少女漫画のヒーローのような、明るくて爽やかな男の子だった。

私も、毎日分け隔《へだ》てなく花子に挨拶をしてくれる千葉のことを、悪く思ったことはなかった。

両想いになることはなくても、花子の恋がずっと続けばいいと思っていた。

けれど卒業式の日、その恋は心ごと粉々になって失われた。

奇跡のように花子が千葉から受けた告白は、小柳津によって仕組まれた罰ゲームだった。

花子はただ恋をしていただけだったのに、それはあまりにも酷い仕打ちだった。

悲しすぎて、花子は涙も出なかった。もうこんな世界からは消えてしまいたいと強く願いながら、帰り道の途中で意識を失った。

それから花子の身体を受け継いだ私は、どうしようもない怒りに包まれながら、家路を辿った。そのあいだ、ただひたすらに花子のことを思っていた。

花子のなかに生まれてきてからずっと――私が見てきた花子は、確かに臆病《おくびょう》すぎる部分はあるが、どれだけ傷つけられても、誰も傷つけることをしない、やさしくて、ロマンティックで、本を愛する、とても心のきれいな女の子だった。

どうか――どうか幸せになってほしい。

いや……絶対に幸せになるべきなのだと思った。


そして三度目――。

はじめて蓮と出会った日のことは、忘れない。

あの夜、蓮からのメッセージによって、花子の意識が途切れ、その身体はふいに私のものになった。卒業式の日以来、三年ぶりのことだった。

これまでの経験上、花子は一度意識を失うと、最低でも十二時間は自分の意識に戻ろうとしない。

だから私は――花子が意識を失っているあいだ、私が花子として蓮に会うことも可能なのではないかと思った。

私は震える手でメッセージを返した。

「私も、会いたい」と。

緊張のあまり、大きく息が漏れた。

だってそれは、ほとんど賭けだった。途中で花子の意識が戻れば、バッドエンドだ。でもやるしかなかった。いま蓮に会わなければ、花子はずっとこの部屋で朽ちていくだけの運命を辿ることになる。それは容易に想像できた。

けれどスウェット姿では外に出られない。新しいものならまだしも、ボロボロすぎる。私は頭を悩ませながらクローゼットを開けた。そこには、母からプレゼントで贈られた、色彩豊かな洋服があった。きれいな洋服ばかりだが、すべて子供サイズだ。いまの花子の身体にはフィットしないし、幼すぎる。

そのほかには、着古したスウェットよりは幾らかマシな洋服が入っていたけれど、地味な色ばかりで、全体的に安っぽく、二十一歳の女子がデートに着ていけるような代物ではなかった。

私はクローゼットの内扉に貼り付けられてある鏡でボサボサの髪を整え、とりあえずの洋服を着て、足音を立てないように一階へと降りた。

待ち合わせは正午。その三時間前、私はゆっくりと玄関の扉を開け、外に飛び出した。母親はぜったいに勝手に花子の部屋を開けたりしない。だから半日出かけたくらいでは花子がいなくなっていることには気が付かないだろう。

だが問題は山積みだ。まず、花子の部屋に化粧道具なんてものはないから、すっぴんのままだった。私は見慣れすぎたせいもあるのか、花子のすっぴんを、それほど悪いとは思わない。

けれど少しでも可愛くしてデートに行くのは、乙女の務めであり、私の務めであった。

私は花子が読んでいた少女漫画から着想を得て、蓮に会う前、京都駅の伊勢丹の化粧品売り場へと出向いた。

私も花子と同様に地味な学生生活を送り、ファッション雑誌にも縁遠かった所為で、ブランドはよくわからないが、JILLSTUARTという店に入ったのは、展示されている商品がまるで魔法少女のアイテムのようで可愛かったからだ。

「化粧を、してくれませんか。したことがないのです。今日、初デートで……可愛くしていきたいんです」

少し緊張しながらそう言うと、

「任せてください」

美容部員のお姉さんはにこりと笑い、快く化粧を施してくれた。いくら花子より行動的とはいえ、私だって化粧の仕方なんてわからないのだ。

「デートということなので、清楚感があるようなイメージで、色を載せていきますね」

お姉さんが作られた明るい声で言う。

私はじっと鏡を見つめていた。花子が積極的に鏡を見ない女の子であることも起因しているが、これほどまでに明るい場所で鏡を見たことは、はじめての経験だった。

確かに私から見ても、花子の顔立ちは、地味だと言える。

目も奥二重で、鼻もこれといった特徴があるわけではなく、唇も冴えない色をしている。けれど、どのパーツにも欠点があるわけではないし、輪郭だって整っている。化粧をすれば、きっと映えるはずだと、ずっと思っていた。

それに花子は、肌が白い。近頃は引きこもっているせいもあるだろうが、以前から透き通るように白かった。

だが花子はそれをコンプレックスに思っている。こんなにもきれいなのに、幽霊みたいだと感じている。少女の頃のトラウマがそうさせるのだろう。

「こんな感じでいかがでしょうか？」

美容部員さんの手によって完成された顔を、私は凝視した。

——花子。

鏡に映る女の子は、その名前が世界一似合うと思った。

やはり花子の顔は、化粧映えする。この容姿ならば、少なくとも初対面の相手に嫌われることはないだろう。私は自分のことのように安堵して、うれしくなった。

「ありがとうございます。いま使っていただいた化粧品を一式と、あのポーチをください」

そして私は、飾られている花柄のポーチを指差して言った。薬局に行けば、もっと安い商品が売っているのは知っている。けれどこのブランドのケースに収納された化粧品は、花子に魔法をかけてくれるような気がしたのだ。

伊勢丹をあとにすると、京都駅の地下にあるファッション街で、花子に似合いそうな服を探した。

あれこれ見て回り、一通りの試着を終えて、最終的に花子に似合うと思った服は、どれも一万円近くするものばかりだった。ショップによっては驚くくらい安い服もあり、デザインも今時で可愛い。着ていっても何の問題もないだろう。でも今日は、花子の特別な日になるはずだった。

安い服はすぐにほつれてダメになってしまう、といつか母がぼやいていた。それでは今日はよくても、花子がいつかクローゼットを開けたとき、がっかりしてしまうだろう。

　私は悩んだ結果、それぞれかなりの予算オーバーだったけれど、リブ編みの白いニットと、今年流行している花柄のスカート、それから、何にでも似合いそうなベーシックな三センチヒールのベージュのパンプスをそれぞれの店で買った。

「着替えていってもいいですか」

　レジで店員さんにそう伝え、私は試着室で新しい洋服に着替えた。

　着ていた洋服は心苦しいけれど荷物になるために、駅のゴミ箱に捨てた。高校生のときから着ているくたびれた洋服だから、花子もきっと怒らないだろう。

　いやはや、化粧品一式とあわせて合計五万円の出費だった。こんなに使う予定ではなかったが、一世一代の買い物だ。罰は当たらないだろう。

　そもそもなぜ私にお金があるのかといえば、デパートへ来る前、悪いとは思ったが、私は花子が貯めていたお年玉の貯金を、十万円ほど下ろしてきたのだ。

　花子は学生の頃から、基本的に本しか買わない。おこづかいは使い切っても、お年玉を切り崩すようなことはしなかった。なので花子のお年玉貯金は、総額四十万ほどになっていた。

けれど私はこのお金で無駄遣いをするわけじゃない。化粧品だって洋服だって、いつか花子に渡せる日が来るだろう。

すべて花子のため――花子の物語のためだ。

あと問題は、髪だった。少しばかり梳《と》かしてはきたけれど、全然まとまっていない。

トリートメントもろくにしていない髪の毛は、信じられないほどパサついていた。

どうしよう。私は少し焦ってきた。待ち合わせまではあと一時間しかない。

さすがに花子の髪の毛を勝手に切るわけにはいかない。

けれどこの伸びすぎた前髪も、プロのセット次第ではどうにかなるはずだ。

私は花子のスマホで駅近くの美容院を検索して「今から行けますか？　トリートメントとセット、お願いします」すぐに予約の電話をして、走った。

今日は、最高の状態で蓮に会わなければ――。

私はそれだけを願っていた。

京都駅の大階段で待ち合わせ。

ここを指定したのは、高校生の頃、放課後になると花子がいつも本を読んでいた場所だからだ。懐かしい。私も花子と共に、たくさんの本を読んだ。花物語はほんとうに素晴らしい本だった。花子のための本だと、そう感じた。

できるならば、あの本をもう一度読みたかった。でも花子はもう花物語を読み返すことはしないのだろう。

そうして蓮を待つ私は、花子も知らない花子になっていた。

髪形一つでこんなにも女の子が可愛くなることを、私は知らなかった。あんなに暗い学生生活を送っていたのが嘘のようだ。

やはり花子は可愛くなることを諦めていた——あるいはおそれていただけだ。そう確信できた。

あのときトイレの花子さんだと騒がれなければ、少しくらい地味でも花子は普通の女の子として過ごせていたのかもしれない。そう思うと悔しいけれど、それだと私が花子に出会うことはできなかった。

蓮に出会うこともなかったのだ。

すべての出来事は必然だったのかもしれない。

そして待ち合わせ時間の十分前。蓮がやってきた。その姿を目に入れた途端、私の緊張はピークに達した。

なぜなら蓮は、花子が思い描いていたよりずっと、素敵な男の子だった。こんな素敵な男の子とやり取りをしていたのかと思うと、とびきり可愛くしたはずなのに、自信が喪失していく。だけどこんな心境ではいけない。堂々としなければ。花子の素晴らしさを伝えなければ。

でも、どうしても、指先だけは震えが止まらない。私だって花子と同様に、ずっと部屋から出ていなかったのだ。それに男の子と喋ったこともない。意識が花子のものになったときも、そういう機会はなかったし、殆どのとき花子の感情や言葉に寄り添っていただけだ。

でも、私はこのデートを失敗に終わらせるわけにはいかない。

「もしかして……レン？　あの、はじめまして、私、カコです」

私は精一杯に微笑んで言った。

どうか花子に、しあわせになってほしい。

だって花子は、最高に素敵な女の子なのだから――。

その日、蓮とはじめて会った気はしなかった。花子と一緒に毎日メッセージを待っていたからなのかもしれない。

京都駅で蓮と別れてからは、母にばれないようにそっと家に帰った。

母は都合よく買い物中だった。というより、母がいつもこの時間帯に買い物に行くくらい、いつも家にいるのだから熟知していた。

私は二階の自室に戻ると一目散に服を脱ぎ、クローゼットに吊るした。

味気なかったクローゼットがほんの少し彩られる。今日買った洋服をずっと眺めていたいような気持ちになった。

だが花子がいつ目を醒ますかわからないのだから、もたもたしてはいられない。

いそいで一階へ降りると、シャワーを浴びた。

花子が目覚めたとき、上手にメイクが施された顔と、今時女子のゆるふわヘアーで部屋にいるのはあまりにも不自然だ。

それに、自分が可愛くなれるのだということは、花子自身が見つけなければいけない気がした。

濡れた髪をボサボサのままで乾かしたあと、いつものスウェット姿になり、私は完全に引きこもりの花子に戻った。

日記を書いたあと、床に倒れ込むと、いつの間にか疲れて眠ってしまった。

そして目が醒めると、花子が意識を取り戻していた。

スマートフォンを握り締めながら、当然のごとく事態が呑み込めず混乱している花子に、私は心の中で「がんばれ」と呟いた。

それから――季節が移り変わるごとに蓮は花子に「会いたい」とメッセージを送ってきた。

けれど花子は、やはり外に出るのがこわいのだろう。会いたいというメッセージに拒否反応を起こしていた。

いつも身体の内側へ沈んでいくように意識を手放す花子の身体を、私は借り続けた。そのような奇跡的な状況になっていたのは、外には出られないが、花子にも蓮に「会いたい」という気持ちが強くあったからなのだろうと思う。

蓮は花子《私》を色んな場所に連れ出してくれた。

私は幸福な時間を噛《か》みしめながら、花子が素晴らしい女の子であることを精一杯表現した。

勝手な行動をしていることに罪悪感も覚えたけれど、私が行動することできっと何かが変わる。

私が花子であり、花子が私であるならば、花子のなかで何かが変わるはずだった。

私の行動を、花子はぼんやりとした夢として認識しているようだった。メッセージで蓮と私が会ったことを示唆《しさ》しても、蓮と会っていることを心からは信じられずにいた。

だから私はなるべく証拠を残した。蓮と花子が会っているのだという証拠を。貴船神社の風景写真。水占みくじ。蓮がくれたオオサンショウウオの光るストラップ。

そして毎回、家に帰って詳しい日記を書いた。花子が見つけて読んだときに、記憶が重なればいいと、そう思った。

デートへ出かけるたび、クローゼットの中が彩られていくのがうれしかった。いつか花子が見たら、喜んでくれるだろうか。その日が待ち遠しかった。

だが事件は起こった。

水族館から帰ってきたその日──私の存在は、知られてしまった。

「花子……？」

靴を脱いでいたとき、買い物から帰ってきた母と鉢合わせしたのだ。

後から思うと、私は意図的にそうしたのかもしれない。賭けたのかもしれない。母は私に気が付くだろうかと。

私はくるりと振り返った。完璧にメイクを施した顔、きれいに整えられた髪、いつもとは違う女の子らしい装いに母は驚いたのだろう、手に持っていたエコバッグをその場に落とした。卵が割れる鈍い音がして、林檎がころころと転がり落ちる。

「私は、花子じゃない」

私は母の目を見つめ、告げた。

何を言っているの、いったいどうしたの、きっと母はそう言うだろうと思った。

「……ずっと前、赤いワンピースを着て行った？」

でも母は私の目を真っ直ぐに見返すと、そう訊いた。

「なんで……気付いてたの？」

びっくりして声が震えた。

「わからない。でもあの子、あのワンピースはもう二度と着ないのだと思っていたから、なんだか花子じゃないような気がしたの。本当に花子じゃなかったなんて」

そう言って母は小さく笑った。

頭がおかしくなったと、病院に連れて行かれてもおかしくない。でも母は突然現れた私の存在を、あたりまえのように受け止めてくれた。

「あの服、花子にとても似合っていたから」

戸惑いながら私は言った。

「ありがとう。あの服を贈ってしまったことを、ずっと後悔してたの。だからあの日、もう一度ワンピースを着てくれて、本当にうれしかった……」

やはり母はあの事件のことを知っていたのだ。私は胸が苦しくなった。

「花子は、あのワンピースが大好きでした」

私は言った。

そのとき母の目から流れた涙は、何十年間も心にたまっていたものだったのかもしれない。

「お母さん。これ、花子が変わりたいと言ったら――渡して下さい。いちばんの、友達だからって。いつも、見守っているからって」

私は鞄からJILLSTUARTの化粧ポーチを取りだして、母に渡した。

そのとき、なぜだか涙が溢れた。わからない。お母さんと言えたことがうれしかったのかもしれない。

母は花子ではない私を、ぎゅっと抱きしめた。

「ありがとう。あなたは……ずっと花子のなかにいたの？」

耳元に注がれるのは、生命の誕生を感じるような、優しい声だった。

「……はい、私は花子のなかに、います。ずっと――」

いままで感じたことのない温《ぬく》もりのなかで、私は静かに目を瞑《つむ》った。

目蓋の裏で、蓮と見た桜がはらはらと舞った。


花子が化粧ポーチを受け取ったのは、それから二カ月ほどが過ぎた頃だった。

洗面所で前髪を切った瞬間、花子は泣いていたけれど、私の心は喜びでいっぱいだった。

真夜中に一筋の光が差し込んでくるのが見えた。

だってそれは、花子が蓮に会う準備を――外に出る準備をはじめた。その証拠だった。

がんばれ、花子、がんばれ。

いつも心のなかで、花子を励ますことしかできない。私の声は、花子には届かない。

でも、心配しなくたって大丈夫。

花子と蓮は――絶対に、会える。

私はその日まで、花子を演じるつもりだった。

そして――花子を演じる最後の日になった。

最後の日にしようと決めていたわけではない。でもきっと最後の日になるだろうと感じていた。

待ち合わせ時間までは、まだ時間がある。私は花子に似合いそうな春服を求め、京都駅の地下街を散策していた。

あるショップに入ったときだった。そこに千葉がいた。目が合った瞬間、意識が混沌として、異常なほどに心臓が高鳴った。これはきっと花子の鼓動なのだろう。

花子を傷つけた。許せない。憎らしい。

私は何かとてもひどいことを言ってやりたかった。

けれどこれ以上、花子にトラウマを植え付けたくはないし、花子なら誰かを傷つけるようなことは言わないのだろう。

前髪も切ったしメイクもしている。きっと花子だとは気が付かない。

「あの……！」

だが、千葉は声を掛けてきた。

「山岸さん、やんな？」

千葉は訊いた。

気を抜けばいまにも気絶してしまいそうだった。

「……違います」

心臓をばくばくさせながら、私は目を伏せて、小さく首を振った。その応答は間違いではなかった。だって私は、山岸花子ではない。山岸花子から生まれた何かに過ぎない。

「そうですか……、すごく似ていたから」

――似ていた。こんなにも別人のようになったのに、どうしてそう思うのだろう。

千葉の目には、花子がこんなふうに映っていたのだろうか？

だが、あんなひどいことをしておいて、たとえば花子を見つけたとして声を掛けてくるなんて、どういう神経なのだろう。

「俺その人に謝りたいことがあったんです。でも、人違いでした。すみません。では」

――なんということだろう。千葉は花子を傷つけたことを懺悔するつもりだったのだ。

それからしばらく、約束の時間が迫っているのに、なかなか動き出せなかった。

私は学生時代、花子がよく立ち寄った本屋へ向かった。

井浦先生の本を探す。気持ちを落ち着かせるために、花物語を、さわりだけでも読みたいと思った。

けれど本はなかなか見つからなかった。

「あの、井浦先生の花物語という本はありますか」

気が付けばもう待ち合わせ時間を過ぎていて、焦った私は店員さんに訊いた。

「えーと、その本はもう置いていないけれど、井浦先生の新刊ならありますよ」

新刊――？

新刊が出ているなんて、知らなかった。外に出られないせいで、本屋へ行くことがなかったからだ。

店員さんは文芸の新刊コーナーへ案内してくれた。新刊は、目立つ場所にかなりの部数が並べられている。

『4・7インチの世界で』

タイトルを見た瞬間、胸騒ぎがした。

表紙のイラストは、私でも知っている有名なイラストレーターさんが手掛けているようで、鮮やかな色遣いが目を引く。スマホのなかで座る、憂いを帯びた花子と同じ髪型の女の子が書かれていた。

冒頭を読む。私はその場に座り込みそうになった。

だってそれは——まるで、花子のことが書かれているようだったからだ。どうして井浦先生は、いつも花子のための物語を綴ってくれるのだろう。

この小説を読めば、花子のなかで何かが変わる予感すらした。

私は迷うことなく本を購入し、いそいで蓮が待つ約束の場所へと走った。

そして私にとっての最後のデートが終わった。

「じゃあ、行くね」

八条口《はちじょうぐち》の新幹線の改札の前で、蓮が言う。

——もう、お別れだ。

「あの、蓮」

「ん?」

「私ね、蓮に出会えて、うれしかった」

言葉にすると、泣きそうになる。

「俺もだよ」

蓮がやさしく微笑む。私はその顔が、好きだった。きっと花子もこの顔を好きだと感じるだろう。

「あのね、次会う日、三月三十一日にしない？　登録してなかったけど、その日ね、花子の誕生日なの。返事はそのとき、していい……？」

そのとき私はまだ、一人称を間違えたことにも気が付いていなかった。ただ、もう少しだけ、蓮と話していたいと感じていた。

「ありがとう。それで、最後に一つだけ言いたいことがあるの」

私が花子のなかに生まれたあの日から、花子はずっと暗闇のなかにいる。

だから花子のなかに私がいる——それ自体が、花子が不幸せだという証拠なのだ。

ねえ、大好きな花子。花子は希望のなかで生きなければならない。大好きな蓮と共に、ハッピーエンドを迎えなければいけない。そのために、私は生まれてきたのだ。

「何？」

きっと——花子が蓮に会って思いを伝えた瞬間、私は過去になるだろう。

だから最後に、自己紹介をしておこう。

「私ね……、私の名前、カコっていうの」

種明かしはできない。でも私は花子であって花子ではないのだということを伝えておきたかった。

嘘を吐いてごめんね。

でも、誰かがしあわせになれる嘘は——きっと、吐いてもいい。

「そんなの、知ってるよ」

蓮はちょっと笑って言った。

「だよね」

私も笑った。

「うん。じゃあ、カコ——またね？」

蓮が冗談めかして私の名前を呼ぶ。

「うん。……またね、蓮」

私は、くるりと背を向けた。

そして振り返ることなく、人混みのなかへ歩き出す。

ぽたぽたと、雨が降り始めるみたいに涙が溢れてくる。

さよなら蓮。

蓮と過ごした時間はとても素晴らしい時間だった。生まれてきてよかったと思えた。

でも大丈夫。悲しくなんてない。

だって私は——花子になるのだから。

＊

書いた覚えのない日記を読みながら、私のなかには、蓮と出かけた記憶が断片的に注ぎ込まれてきた。

ぜんぶ、夢ではなかったのだ。

「私は、蓮に会っていた……」

夢遊病などではなかった——。

もうひとりの私が、私のなかには、存在していたのだ。

いますぐにすべてを理解することはできそうにない。でも今、私はもうひとりの存在を感じていた。

ということは、私は多重人格者だった？

でもこの二十一年間、そういう気配はしなかった。

私は眠っているとき以外、確かに私として生きてきた。

はっきりと思い出せない記憶といえば、十年ほど前、学校を休んだのに登校したことになっていたとき――高校の卒業式からの帰り道――そして蓮と会ったことになっていた数日間だけだ。

もしかしたら……もうひとりの私は、私のことを応援してくれていた？　ずる休みをした私の代わりに学校に行ったり、外に出られない私のために、蓮に会いに行ってくれたのだろうか。なんだかそんな気がするのは、もう気のせいではないのだろう。

ポーチをくれたとき、母はこう言っていた。

「いちばんの友達だからって。いつも、花子のことを思ってるって」

あれはきっと、もう一人の私だったのだ。

クローゼットの中に服を買い揃えてくれたのも、靴を買ってくれたのも、井浦先生の新刊を置いてくれたのも――日記を残してくれたのも。

だったら母は、私ではない私に会ったのだろうか？

確認したかったけれど、憚《はばか》られた。

真実を知るのがこわいわけではない。たとえそれが現実であったとしても、もう一人の自分に会うことはできないから。

私は自分の身体をぎゅっと抱きしめた。

――ありがとう。

そして心のなかにそっと告げた。

不思議なほど、もう一つの意識に対するこわさのようなものはない。

ずっとそれで今まで生きてきたのだろうし、そもそも自分で生み出した意識だからなのかもしれない。

それに日記を読んでいるとき、私以上に、私のことを大切に思ってくれているのが、痛いほど、伝わってきたから――。

小さく深呼吸をする。

日記に書かれていた待ち合わせ日時は、三月三十一日の十二時。もう明日、いや、日付的には今日だ。

蓮に――ずっと言えなかった言葉がある。

蓮から「会いたい」と、そう言葉を受信するたび、いつも打ちかけては、意識を失って送れなかった。

私も、会いたい。

私は力強く、日記の最後のページにそう書いた。

あれから返事もしていないのだから、蓮が約束通り、京都駅に来てくれるかは、わからない。

でも明日、蓮が来てくれたなら伝えたい。この気持ちを、伝えたい。

だから私は蓮に、会いに行く――。

そう決意して立ち上がると、勢いよく窓を覆っていたカーテンを開けた。

四年間引きこもっていた部屋のなかに、朝の眩しい光が差し込んでくる。部屋のなかに舞う埃が、ラメみたいにきらきらと光る。

窓の外では、桜の花びらが雨のように降っている。

この雨のなかを、私はもうすぐ――駆けていく。

どきどきと、胸が鳴る。

蓮は、どんな声で喋るだろう。

どんな顔で笑うだろう。

……私を、待っていてくれるだろうか。

大丈夫。きっと……会える――。

最終話　運命

また真夜中の底に突き落とされた気分になっているのは、花子から連絡が来ないことに加えて、フワストのフレンド欄からもカコがいなくなってしまったからだ。

心の何処かで、花子と両想いのような気がしていた。

でも振り返ってみれば、それは思い込みだったのかもしれない。

花子から誘われたこともなければ、直接的な意味で好きだと言われたこともない。

告白すら遮られた。

花子は、優しい。俺を傷つけることを言ったりはしないだろう。

「はぁ……」

——三月三十一日にしない？　その日ね、花子の誕生日なの。

別れ際、花子は言った。違和感が残っているのは、あのとき花子の口調が、まるで自分と親しい人の誕生日を告げるようだったからだろう。

でも返事もない今、明日、待ち合わせ場所へ行ったところで、花子は待っているのだろうか。

俺はやはり——誰にも愛されない運命なのか。

「はあ……」

「あのー。雨下サン、さっきから溜め息ばっかり吐いてますよ。ちょっとうざいです。

いったいどうしたんですか?」

肩を落としていると、マニュアル通りにおでんを仕込みながら、蒼森さんがやや苛《いら》立《だ》ちながら訊いた。

「あ、ごめん。そんな吐いてた?」

完全に無意識だ。揚げ物を仕上げつつ、俺はいそいで笑顔を作った。

「はい。一分間に三回くらい吐いてました!　てか嫌なことがあったときは無理に笑わないで大丈夫ですよ」

蒼森さんが言う。


〝辛いことがあったときは、無理して笑わなくていいんだよ〟


たしか花子にもそんなふうに言われたことがある。

もしかしたらこの笑顔は作りものだと、全員に見透かされていたのかもしれない。

「ていうかあたし、今日でラストなんですよ」

「そうだよね、お疲れさま。服飾の専門学校行くんだよね?」

「はい、めちゃ楽しみです。なんかあたし、すっごい期待されてるみたいで。こないだ説明会行ったんですけど、おしゃれなコとか面白いコもかなり多くて、やっと友達できそうです！　それで雨下サンは、ずっとこのバイト続けるんですか？」

いつもながらに直球だ。だが気を遣われても虚しくなるだけなのだから、そのほうがいい。

「実は来月で辞めるんだ。しばらく実家に帰って、就活しようと思って。遅すぎるけど」

ひとり暮らしの部屋は来月引き払う。親父は俺がいないほうがいいのかもしれない。でも、一人で死ぬなんて、そんなのやっぱり、寂しすぎる。

ずっと、愛されたかった。

けれど母がこの世を去り、死にたい気持ちのなか、俺のために働き続けてくれたことは、立派な愛だったんじゃないか。この頃、花子に連絡がつかなくなった喪失感におそわれるたび、そう思うようになった。だから俺はせめて、最後まで笑顔で傍にいようと決めた。

「遅すぎるとか、そんなの関係ないですよ。専門は、色んな歳のコがいましたよ」

きれいにおでんを仕込み終えた蒼森さんは、満足げだ。

「うん、そうだね。がんばるよ」

「はい。で、どんな仕事がいいとかあるんですか？」

「うーん、特には決まってないんだけど……京都で就職しようと思っていたりする」

揚げたてのチキンをホットスナックの棚に並べながら、俺は言った。

「なんで京都なんですか？　東京のほうがいっぱい仕事あると思いますけど」

「まあ、確かにそうなんだけど、京都の街が好きになったのと……好きな人が京都にいるんだ」

我ながら、くさい台詞だ。俺はちょっと照れながら言った。

「へー、なんかそれって、最&高ですね！」

蒼森さんはにやついた表情を浮かべたあと、面白そうにけらけら笑った。

＊

翌日、京都駅に降り立つと、春のにおいでいっぱいだった。

最近、東京はずっと曇り空だったから、季節が春に変わったことに気が付かなかった。

今日ばかりはエスカレーターを使わずに、大階段を一段ずつ上がっていく。

約束の時間まであと十五分。

待ち合わせ場所の鐘の前の段差に座り、ジャケットからスマホを取りだしてフワストをひらく。やはりカコはいない。何かの手違いであればいいけれど、そうではない可能性のほうが高いのだろう。

「はぁ……」

また無意識に溜め息を吐いてしまう。

でもそれはもう死にたいからじゃない。

恋をしたからだ。

人は誰かと出会うために生まれてくる。

自分のために生まれてくる人なんていない。

俺は花子と出会って、それを知った気がする。

このあと花子が来なければ、今日を最後にこのゲームを起動することはないだろう。

二年間育て続けてきた、画面上の花。

レアな洋服を着たダサいアバター。

暇つぶしのためにはじめただけだったのに。

それが花子と出会う運命をくれるなんて、インストールしたとき、俺は考えもしなかった。

もしかすると、どんなに無駄なように思えても。人生には意味のないことなどないのかもしれない。

そして、生まれてきてから感じることのすべては、たった一人の運命の相手に出会うためにあるのかもしれない。

そのとき、スマホが影に覆われた。

同時に、シルバーのハイヒールが視界に映り込む。

それは、花子が友達のためにプレゼントしたいといって、俺が選んだものだった。

もしかしてだが、花子の友達が来たのだろうか。

だとしたら、告白を断るために……？

俺はネガティブな思考を巡らせながら、おそるおそる顔をあげた。

するとそこには――……花子が立っていた。

ミントグリーンのショルダーバッグを提《さ》げ、上品な白いワンピースに身を包んでいる。まるで花子のために作られた服みたいに、よく似合っている。

花子もエスカレーターを使わず、階段を駆け上がってきたのだろうか、息を切らしている。

「あの……もしかして、蓮？　私……花子、です」

まだ呼吸が荒いまま、花子が訊く。まるで、はじめて会うみたいに。

洒落た演出だろうか、はじめて出会ったときと同じ台詞だった。

「はい。はじめまして。蓮です」

はじめて会った日のことを思い出しながら、俺はちょっと笑って言った。

「やっぱり……蓮だ……よかった……会えた……会えた……」

すると花子はいまにも泣き出しそうな表情になって言い、両手で口元を押さえた。

少し大袈裟にも感じたが、連絡が取れない状態で、花子も俺と会えるか不安だったのだろうか。それに今日花子は、告白の返事を言いに来てくれたのだろうし、その所為で緊張しているのかもしれない。声がずっとふるえている。

「うん、会えた。来てくれてありがとう。アカウントなくなったから、嫌われたかと思ったよ」

「あ、ごめんなさい。間違えて……消しちゃって」

花子は申し訳なさそうに目を伏せる。

もうそれが嘘なのか、そんなことはどうでもいい。ただこうして会いに来てくれた。

それがすべてだった。

「そっか。ならよかった。メッセージ画面も消えちゃったから、スクショしとけばよかったかな。俺も、花子がくれるメッセージ、好きだったから」

無色透明だった世界を、花子が紡ぐきれいな言葉たちが彩ってくれた。

花子のメッセージが、俺を真夜中から、救い出してくれた。

顔を赤らめている花子を見つめると、今迄になく心臓が高鳴る。

なぜか花子とはじめて会ったような——そんな気がしてくる。

いつもと少し、メイクが違うせいだろうか。

「でも、来てくれるって、わかってた」

淡いピンクのアイシャドーが塗られた花子の目蓋を見つめ、俺は言った。

本当はかなり不安だった。でもこんな時くらい、恰好つけたって罰はあたらないだろう。

「花子、隣に座って」

俺は自分の隣を軽く叩いた。

おそるおそるというように花子が隣に座る。ひどく緊張しているのが伝わってきて、俺まで緊張してしまう。

「俺、毎年誕生日が来るのがこわかった。俺が生まれてきた日に、母さんは死んだんだ。俺を産んだせいで。だから誰にも祝ってもらったことなんてなかったし、大好きだったバロンも、俺の誕生日の日、学校から帰ったら、動かなくなってた。生まれてきた罪なのかなって、思ってた。でもあの日、はじめて、生まれてきてくれて、ありがとうって、花子が言ってくれた。すごく、うれしかった」

あの日、0時ぴったりに送られてきたメッセージを読んだとき、本当は涙がでそうだった。はじめて、生まれてきてもよかったのだと思えたから。

「だから俺も、花子に言いたかった。花子、誕生日おめでとう。生まれてきてくれて、ありがとう」

俺はリュックから一冊の小説を取り出す。

いわずもがな、それは『花物語』だ。

俺は最初のページをそっとひらいて、花子に見せた。

「これ……どうやって」

花子が声を詰まらせる。俺はずっと、この瞬間を待っていたのだろう。

「それはきっと、花子の運命の本だから」

「運命？」

「花子、前に訊いたよね。運命を信じる？って。俺、運命は残酷なものだと思ってた。

でも花子がそれだけじゃないことを教えてくれた。俺ずっと、心のどこかで死にたいって思ってた。だけど花子に出会って、生きていたいって、がんばりたいって思えた。だから、花子に出会えたことが、俺の運命なんだって思う」

この広い世界で、俺と花子が出会う確率は、何百万分の、何千万分の一だったのだろう。

けれど俺と花子が出会うことは、何億分の一であっても、きっと決まっていた。

「私もっ……私もそう思う。蓮と出会えたのは運命だって……そう思う」

花子の目からは、ぽろぽろと涙がこぼれている。それがなんの涙なのか俺にはわかる。

「ねえ蓮……私、返事をしにきたの」

人を好きになると、それだけで涙が溢れる。

「うん、聞かせて」

潤む目を隠すように、震える花子を抱きしめた。

「私、ずっと蓮に会いたかった。蓮がどんな声で喋るのか、どんなふうに笑うのか、知りたかった。蓮のくれるメッセージは、私にとって生命線で……真夜中の光だった」

現実世界にしかない温もりのなかで、声を詰まらせながら喋る花子の言葉を噛みしめる。

「私はまだ、蓮のことを何も知らないかもしれない……。でも、はじめてメッセージを交換した夜から……私……私は……この世界の誰よりも……蓮が好きです」

好きな人に好きだと思われるだけで、世界は美しくて、こんなにもうれしい気持ちになるのだということを、俺は生まれてはじめて知った。

「ありがとう。俺もまだ、花子のこと何も知らないと思う。だけど俺も……この世界の誰よりも、花子が好きです」

きっとその台詞を吐くのに、世界中の人間に出会う必要なんてない。

生まれてから死ぬまでに、すれ違うだけの人が、SNSで見かけるだけの人が、出会うことのない人が無数にいる。

でも俺と花子はこうして出会えて奇跡みたいにお互いを好きになった。

それはきっと、運命の相手だったからだ——。

それから、5系統のバスに乗り込み哲学の道へ向かった。

「わあ……すごい！」

ピンク色に染まる川を見て花子が歓声をあげる。

「すごくきれいだね！」

まるではじめて来たときのように、はしゃぎながら花子は言う。

「叶ったね」

頷いて、俺は言った。

「え？」

忘れたのだろうか。花子は首を傾げる。

「短冊に書いただろ。来年は一緒に桜を見たいって」

その瞬間、花子の目から一粒の涙がこぼれた。

「どうしたの？」

心配になって思わず駆け寄った。

「ううん、目にゴミがはいったみたい」

花子はミントグリーンのショルダーバッグから白いレースのハンカチを取り出し、目元に当てた。以前持っていたハンカチとは違い、女の子らしい品だ。

「大丈夫？」

「うん。平気」

ハンカチをていねいにしまいながら、花子は微笑む。

それから、どちらからともなくそっと指を絡めた。好きという気持ちがお互いの指からも伝わる。

誕生日プレゼントは、いつ渡そう。桜のモチーフがついたネックレス。喜んでくれるだろうか。

満開の桜の下を歩きながら考えていると、

「……今日、水占い、したの」

花子がぽつりと告げた。

そういえばあのとき花子は、水占みくじを持って帰ったのだった。

なんだかもう懐かしい過去を振り返るように俺は訊いた。

「どうだった？」

「えっとね……。がんばれって、書いてあった」

そのとき誰かが通り過ぎるような風が吹き、はらはらと死にゆく桜が、ふたりの間に降り注いだ。目の前に落ちてくる一枚の花びらを、そっと掌に掬う。

花びらは、物語のはじまりを祝福するように見事なハート形をしていた。

エピローグ

四月一日。
はじめて私と蓮が出会った日。
三月三十一日。
はじめて蓮と花子が出会う日。

約束の三時間前に、花子は目覚めた。
私のメッセージが書かれた水占みくじを手に持って、洗面所へと降りる。
顔を洗って歯を磨き、髪切りばさみで少しだけ前髪を整える。
それから洗面台に水蓋をして、冷たい水を張ると、水占みくじを浮かべた。
じわじわと黒いインクが滲《にじ》み出る。浮かんできたのは——大吉だった。

乾いて文字が消えないように、今日はこのまま浮かべておこう。

花子は一層うれしい気持ちになりながら、二階の自室へ駆けあがる。

そして、クローゼットの扉をひらいた。

そこには、私が花子のために買い揃えた色とりどりの洋服が吊るされている。

花子は一目惚れをしたように、春らしい手触りの白のワンピースを選んだ。

その瞬間、私は感激に打ち震えた。

だってそのワンピースは、まだ一度も袖を通していない、この日のために買ったものだった。

花子は殻を破るように、ボロボロになるまで着古したスウェットを脱ぎ、ワンピースに着替えた。新しい服の感触に花子はうっとりした。素晴らしい洋服を着るだけで、こんなにも気持ちが晴れやかになることを、花子は忘れていた。

次に花子はポーチを取り出すと、JILLSTUARTのコスメを白い肌に載せていった。

私は手鏡を見つめながら、うれしくなった。毎日のようにメイクの練習をしていた成果が現れている。

最後にきちんとトリートメントをしていたおかげでさらさらになった髪をオイルで整えて、桜色のリップグロスをていねいに塗った。

「はあ」

完成だ。蓮に会うための準備が、整った。

花子はずっと決めつけていた。自分は、地味で、ダサくて、幽霊のようだと。この世界にいらない存在だと。誰からも好きになってもらえるはずがないと。

でも、鏡に映る花子は、きっと蓮が好きになってくれた女の子なのだろうと思えた。

花子は最後、クローゼットから、蓮が選んでくれたシルバーのハイヒールを取りだした。

それはあたらしい物語をはじめるための靴。

「素敵な靴を履くと、靴が素敵な場所に連れていってくれるのよ」

印象的なその台詞を、大好きだった少女漫画で読んだことを、花子はいつまでも憶えている。

光沢のあるミントグリーンのショルダーバッグを肩に掛けると、スマホと財布とハンカチとグロスを入れて部屋を出る。

そして地上への階段を駆け下りていった。

「行ってきます」

リビングを覗いて花子がそう声を掛けると、母は一瞬、私と迷ったのか、固まった。

だが花子の期待と不安に包まれた表情を見て、すべてを悟ったのだろう。

「新しい今日へいってらっしゃい」そう声を掛けた。

それは学生時代、花子が嫌々ながらも学校に通っていたとき、母が毎朝掛けてくれていた言葉であることを、私は知っている。

「ねえお母さん」

「どうしたの？」

花子はもしかしたら、私のことを訊ねるつもりなのかもしれない。そう思って少し緊張した。

「お父さんは、どうして私に花子って名前をつけたの」

だが花子は躊躇したのだろう。それとも最初からそう訊くつもりだったのかもしれない。遠慮がちに問いかけた。

「花子が生まれてきたとき、花が咲いたような、そんな気がしたからだって、言ってたわ」

はじめて知る父のエピソードに、花子の胸はじんわりと温かくなった。

この一年間、蓮に呼ばれ続けた名前。花子はこの名前がもはや愛しかった。

「それとね、もし許されるなら、もう一度勉強して、大学に行きたい。色んなことを学んで、いつか物語も書いてみたい。そんなのもう、遅すぎるかな……？」

私の知らない意識のなかで、ずっと考えていたのだろうか、緊張しながら花子は言った。

「ううん、それがいい。がんばりなさい。花子、すべてはいつだって、これからよ」

母は花子を責めることなくそう言うと、安堵したように手元のカフェオレを一口飲んだ。

「お母さん、ありがとう」

花子は言い、小さく頭を下げた。

十一時。花子は、春のにおいが漂う玄関で、新しい靴を履いた。

サイズはぴったりで、これは自分のための靴なのだとわかった。

そして花子は、もう引きこもりではない、純情可憐な乙女として、玄関を開けた。

＊

京都駅の大階段を一段ずつ、慣れないヒールで、花子は登っていく。

エスカレーターを使わなかったのは、心の準備をしたかったからだ。

一段ずつ、呼吸を整えながら、蓮へと近づいていく。それでも息が苦しくなるほどに、花子の心臓は、緊張と不安と期待で、波打っていた。

花子は、夢のなかよりも遠かった大階段のいちばん上に辿り着く。

視線の先、鐘の前に、男の子が座っているのが見える――。

ああ、蓮だ。約束した通り、蓮は待っていた。花子のことを、待っていてくれた。

記憶が込み上げてくる。蓮と行った場所、話した言葉、すべて、鮮明に覚えている。

蓮はまだ、花子に気が付いていない。

花子は胸を高鳴らせながら、恋愛映画の主人公になったような気持ちで、歩みを進める。

そしてそっと、蓮の正面に立った。

蓮はスマホを眺めている。画面にはフワストが映っていて、蓮のショップには、たくさんのレア花がディスプレイされている。花子がログインするのを待ってくれていたのかもしれない。

いま、蓮の視界にはシルバーのハイヒールが映っているはずだ。

花子の友達のために選んだはずの靴を見て、蓮はきっと混乱しながら、おそるおそる顔をあげる。

その瞬間——花子の目にはじめて映る蓮の顔。

花子の想像のなかで生きていた蓮よりも何倍も素敵な現実の蓮に——花子の恋心は否応なしに膨らむ。

「あの……もしかして、蓮？　私……花子、です」

嗚呼、それはなんという偶然——それとも運命なのか、私がはじめて蓮に放った台詞と同じだった。

蓮は洒落た演出だと思ったのだろう、くすりと笑って花子に言った。

「はい。はじめまして。蓮です」

蓮の、そのくしゃりとした笑顔を、花子はやはり好きだと感じた。

「やっぱり……蓮だ……よかった……会えた……会えた……」

花子の声は、いまにも泣き出しそうに震えている。けれど蓮はきっと、息を切らしているからだと思っている。だって蓮にとって、花子が蓮に会うのは初めてではないのだ。

「うん、会えた。来てくれてありがとう。アカウントなくなったから、嫌われたかと思ったよ」

「あ、ごめんなさい。間違えて……消しちゃって」

慌てて花子は言いこぼす。つい嘘を吐いてしまったことに、少し悲しくなる。けれど、ほんとうのことを言わないほうがいいときが、時にはある。

「花子、隣に座って」

そして蓮がはじめて、現実の花子に向かって、花子の名前を呼ぶ。

それだけで、花子は自分の名前をもっと好きになる。

隣に座る花子に、蓮は自らの過去を話した。

知らなかった辛い過去に、花子は涙があふれた。

「だから俺も、花子に言いたかった。花子、誕生日おめでとう。生まれてきてくれて、ありがとう」

蓮が言う。私も、その言葉と同じことを、胸の中で思った。

花子、生まれてきてくれてありがとう。私を生み出してくれてありがとう。花子に出会わせてくれて、蓮に出会わせてくれて、ありがとう。

それから蓮は、花子の運命の本である『花物語』を鞄から取り出した。

本がひらかれた瞬間、花子と同時に、私も息を呑んだ。

なぜなら一ページ目に、井浦先生のサインが入っていたからだ。

〈この物語を花子に捧ぐ——井浦創〉と。

こんな特別な品を、どうやって手に入れたのだろう。

「これ……どうやって」

気になっていると、花子が訊いた。

「それはきっと、花子の運命の本だから」

どういう意味だろう。

「運命？」

花子は首を傾げる。

「花子、前に訊いたよね。運命を信じる？　って。俺、運命は残酷なものだと思ってた。でも、花子がそれだけじゃないことを教えてくれた。俺ずっと、心のどこかで死にたいって思ってた。だけど花子に出会って、生きていたいって、がんばりたいって思えた。だから、花子に出会えたことが、俺の運命なんだって思う」

蓮の一言一言が、花子と私の胸に突き刺さる。

メッセージのなかじゃない、蓮の声が、言葉が、花子のすべてに降り注ぐ。

「私もっ……私もそう思う。蓮と出会えたのは運命だって……そう思う」

一生懸命に言葉を紡ぐたび、花子の眼からは涙が流れる。

でも、もしかしたら私が泣いているのかもしれなかった。

「ねえ蓮……私、返事をしにきたの」

ああ、いよいよだ。

「うん、聞かせて」

震える花子の身体を蓮が抱きしめる。

蓮は、私のことを知らない。私が存在していたことも。

でも蓮は知っている。花子の素晴らしいところ。花子の可愛いところ。たくさん、知っている。

「私、ずっと蓮に会いたかった。蓮がどんな声で喋るのか、どんなふうに笑うのか、知りたかった。蓮のくれるメッセージは、私にとって生命線で……真夜中の光みたいだった」

花子、がんばれ。

過去になっても、傍にいる。

私はいつも、花子のなかにいる。

だって私を創りだしたのは、花子なのだから。

「私はまだ、蓮のことを何も知らないかもしれない……。でも、はじめてメッセージを交換した夜から……私……私は……この世界の誰よりも……蓮が好きです」

さあ花子——はじめよう。

花子が紡ぐ、未来へ続く、花物語。

本書は、二〇一九年三月に小社より刊行した単行本『これは花子による花子の為の花物語』を加筆修正、改題し、文庫化したものです。

この物語はフィクションです。作中に同一の名称があった場合でも、実在する人物・団体等とは一切関係ありません。

宝島社
文庫

そして花子は過去になる
（そしてかこはかこになる）

2023年 2 月21日　第1刷発行
2024年12月20日　第2刷発行

著　者　木爾チレン
発行人　関川 誠
発行所　株式会社 宝島社
〒102-8388　東京都千代田区一番町25番地
電話：営業 03(3234)4621／編集 03(3239)0599
https://tkj.jp
印刷・製本　株式会社広済堂ネクスト

First published 2019 by Takarajimasha, Inc.
ISBN 978-4-299-03942-2